# Vengeances tardives

# Vengeances tardives

FRANCIS SCHULL

City
*Roman*

ISBN : 978-2-8246-1469-4
Code Hachette : 61 6031 0

Collection dirigée par Christian English & Frédéric Thibaud
Catalogues et manuscrits : city-editions.com



Dépôt légal : Mai 2019

*À mon père qui m'a appris que le français était la plus belle langue du monde.*

# 1

Elle s'était rendue, trotte menu, vers l'église où l'attendaient ses tâches quotidiennes : faire ses dévotions à la Sainte Vierge, s'assurer que nul papier sale ne traîne entre les travées, changer l'eau croupie des fleurs, vérifier que le bénitier ne soit pas vide et enfin inspecter le confessionnal à l'intérieur duquel elle avait découvert la semaine précédente « une chose, monsieur l'inspecteur, qui sert à faire des choses... mon Dieu, des choses... » Elle ne se rappelait plus le nom de la chose, Léopoldine. S'en serait-elle souvenue qu'cllc n'aurait pas osé le prononcer. Mais le gendarme rigolard qui se tenait face à elle n'avait pas les mêmes pudeurs de langage : « Une capote anglaise ? avait-il suggéré. Ou peut-être un préservatif ? Ou encore un cache-popaul ? »

Léopoldine avait frémi : chacun des trois noms qualifiant la « chose » l'avait atteinte au tréfonds de son être, là où se dissimulaient les diablotins qu'elle croyait avoir définitivement chassés. Elle avait réussi jusqu'alors à oublier qu'elle aussi, quelque quarante années plus tôt, avait utilisé cette « chose » pour faire d'autres « choses ». Mais c'était tellement loin, tout ça… Séduite et abandonnée à dix-neuf ans, elle avait pleuré longtemps avant de trouver consolation auprès de la Vierge Marie à laquelle elle vouait, depuis, un culte qui ne s'était jamais démenti. Et l'infâme vocabulaire de cet argousin en gros sabots avait réveillé ce moment lointain au cours duquel elle avait découvert l'utilisation de la « chose ». Mais qu'on ait pu s'en servir dans un confessionnal la révoltait.

— Reprenons, avait enchaîné le ventripotent gendarme Schmitterlin, peu soucieux de ménager les pudeurs diverses de Léopoldine. Vous avez donc trouvé une capote dans le confessionnal la semaine dernière. Mais ce matin vous y avez trouvé un cadavre. Et ça, c'est autre chose !

— Oui, monsieur l'inspecteur…

— Je ne suis pas inspecteur, vous le savez bien, je suis brigadier de gendarmerie, c'est-à-dire sous-officier. Vous devriez le savoir, depuis le temps, *nunndabuckel*[1]… C'est quand même autre chose !

— Mais, mais, mais... répondit Léopoldine à laquelle la rudesse gendarmesque avait fait perdre ses moyens.

— Eh oui, c'est autre chose, dit encore le gendarme qui aimait décidément se répéter, persuadé d'avoir trouvé la litote idéale pour exprimer la supériorité du statut de gendarme sur la fonction de policier. Mais

1. Nom d'un chien.

revenons à nos moutons : arrêtez de bêler et dites-moi à quelle heure vous êtes arrivée à l'église.

Très satisfait de sa trouvaille langagière, il extirpa de sa poche un petit carnet et se mit à suçoter un crayon comme il l'avait vu faire à Columbo : Léopoldine ne manquerait pas d'en être fortement impressionnée.

Mais Léopoldine, qui ne regardait sur sa télé que les infos de Jean-Pierre Pernaut, *The Voice*, les retransmissions de matches de foot et parfois *C dans l'air*, resta totalement imperméable à la pose du gendarme. Reprenant peu à peu ses esprits, elle explora sa mémoire et, au bout de quelques secondes, énonça triomphalement :

— Sept heures une.

— Ben ça alors, c'est précis.

Et comme il avait sa conception personnelle de l'humour, il ajouta :

— Vous avez avalé une horloge ?

— Je sortais du cimetière lorsque j'ai entendu sonner sept heures au clocher. Et le cimetière est à quelques mètres de l'église.

— Sept heures ? Vous avez compté les coups ?

— Pas besoin de compter. Le jour venait à peine de se lever. Il était donc sept heures.

— Et allez donc ! Comment vous savez ça, vous ?

— Parce que nous sommes le 14 avril et que le 14 avril, le soleil se lève à six heures quarante-cinq…

Et comme le gendarme commençait à l'énerver, Léopoldine ajouta :

— … monsieur l'inspecteur.

Par là, elle entendait signifier au sbire qui l'interrogeait : « C'est pas parce que je suis une grenouille de bénitier qu'il faut me prendre pour une conne. »

Schmitterlin sursauta sous l'outrage, mais décida de l'ignorer. Elle ne perdrait rien pour attendre, la vieille bique ! Il enchaîna :

— Et alors, vous avez fait quoi ?

— Comme tous les jours, j'ai prié la Sainte Vierge.

— Combien de temps ?

— Le temps d'un rosaire.

Le terme n'évoquait rien à Schmitterlin qui, vingt années plus tôt, résolument fermé aux pâteux sermons du curé, passait les heures de catéchisme à dessiner sur son cahier, avec une précision qui faisait l'admiration des autres garnements, des femmes nues aux formes abondantes et à la foisonnante pilosité. S'il n'ignorait rien des mystères de l'anatomie féminine, il préféra cacher à Léopoldine sa méconnaissance des mystères de la religion.

— Oui, et après ?

— Après, j'ai nettoyé l'église. Et c'est là que j'ai découvert le…

— … le cadavre ? Le mort ?

— Le Weberlé.

Car c'était bien Joseph Weberlé, le vigneron le plus riche, le plus opulent d'Oberwihrheim, dont le corps gisait dans le confessionnal. Celui qui suscitait l'envie de bon nombre de ses collègues vignerons, qui s'était fait construire une demeure néogothique avec une tourelle crénelée faisant béer les touristes et rigoler les cigognes, et dont les bouteilles de vin d'Alsace certifié bio s'exportaient jusqu'en Chine. Premier adjoint au maire, membre du Rotary et de la confrérie Saint-Étienne, de surcroît. Bref, un personnage considérable dont les journaux du coin, *L'Alsace* et *Les Dernières Nouvelles*, ainsi que les édiles locaux, n'allaient pas manquer de célébrer les nombreux mérites après s'être interrogés sur les causes de sa « tragique disparition ». Peut-être même les télés, les radios et les grands journaux parisiens allaient-ils envoyer à Oberwihrheim quelques-uns de leurs folliculaires rebaptisés « envoyés spéciaux ». Le Weberlé était un cadavre qu'il fallait donc prendre avec des pincettes.

Mais qu'allait donc faire Joseph Weberlé dans ce confessionnal ? se demanda le brigadier.

— Avez-vous une idée pour laquelle… dont… au sujet… Euh, savez-vous pourquoi il était là ?

— Et pourquoi je le saurais ? Je ne suis pas chargée de contrôler ce que font les gens. Et je ne surveillais pas Joseph Weberlé, rétorqua Léopoldine qui avait retrouvé tout son allant. Je l'ai trouvé là. Comme vous habitez à côté de l'église, je suis venue vous avertir, c'est tout.

Un connaisseur en figures de rhétorique eût pu à ce moment précis lui faire remarquer que si le gendarme était un expert en litote, elle-même s'adonnait volontiers à l'antiphrase. En réalité – et nous aurons sans doute l'occasion d'y revenir –, la surveillance des allées et venues et des us et coutumes de ses concitoyens était, pour Léopoldine, une occupation aussi habituelle que ses dévotions à la mère de Jésus. Son quartier général était le bureau où elle officiait quatre fois par semaine en tant qu'employée de la poste. En même temps que les lettres, recommandées ou non, elle y recueillait les commérages et faisait son miel de toutes les informations confidentielles, potins, ragots et cancans divers. Le soir venu, elle enrichissait ses connaissances en épiant, à travers ses persiennes, les déambulations des villageois noctambules. Elle avait ainsi acquis au cours des années une connaissance quasi encyclopédique de l'âme du village, de ses méandres et de ses circonvolutions. Bref, Léopoldine était dépositaire de la petite histoire d'Oberwihrheim, l'un des fleurons de la route des vins d'Alsace, et conciliait, sans états d'âme superflus, cette occupation avec ses activités de postière et de punaise de sacristie.

Le brigadier Schmitterlin, qui ne savait comment poursuivre cet interrogatoire et qui par ailleurs ignorait que la vieille fille recelait des trésors d'informations, jugea inutile de continuer. De son côté, Léopoldine n'avait aucune intention de faire profiter ce butor de son savoir et encore moins de ses réflexions. Elle avait aperçu la veille au soir Weberlé, sur le pas de la porte de son rutilant magasin où venaient se ravitailler les touristes, en conversation houleuse avec un inconnu. Elle avait donc hâte de rejoindre le bureau où elle pourrait recueillir les confidences de quelqu'une de ses clientes ou amies et découvrir quel était l'interlocuteur du défunt vigneron.

— Il faut que j'aille ouvrir la poste. C'est l'heure.

Et sans attendre de réponse, elle se mit à trottiner vers la mairie dont l'annexe abritait le bureau de poste.

Le gendarme la regarda partir, l'œil vague et l'esprit embrumé.

*Et si je vérifiais s'il est vraiment mort ?* se dit-il soudain. Il retourna le corps, constata que le pouls ne battait plus et s'étonna à peine de voir une tuméfaction sur le côté du visage, ainsi que des traces de sang séché. L'idée l'effleura alors qu'il pourrait, tel Columbo, découvrir tout seul l'auteur du meurtre. Car, bien entendu, il ne pouvait s'agir que d'un meurtre. Il s'imagina, répondant aux micros que lui tendaient, avides, les radioreporters : « Alors, brigadier-chef Schmitterlin, dites-nous comment vous avez résolu cette affaire ! » Il répondrait, modeste : « Vous savez, je ne suis que brigadier. Eh bien, voilà… » Un éclair de lucidité traversa néanmoins son esprit et l'arrêta dans sa marche triomphale : « Il faut que je prévienne le chef. » Il empoigna son téléphone :

— Chef, c'est vous, chef ?

— Qui est à l'appareil ?

— Brigadier Schmitterlin, chef. J'ai trouvé un mort dans le confessionnal de l'église d'Oberwihrheim.

— Vous avez trouvé quoi ? Dites, Schmitterlin, vous ne devriez pas boire si tôt le matin…

— J'ai juste bu un petit schnaps avec mon café, chef. Il y a bien un cadavre dans le confessionnal, chef. C'est un meurtre.

— Qui est la victime ?

— Weberlé

— LE Weberlé ?

— Euh… Joseph Weberlé, l'adjoint.

— *Nunndabuckel !*

L'adjudant Ledoux était, selon la terminologie en usage à la gendarmerie, un Français de l'intérieur. Récemment nommé en Alsace, il croyait habile, pour ne pas détonner, d'émailler ses propos de jurons typiquement alsaciens. Ayant jugé *gottvertammi*[1] trop grossier et *gottverteckel*[2] un peu chochotte, il s'était rabattu sur *nunndabuckel* qu'il trouvait tout à fait convenable, et tous les gendarmes de la brigade, d'un seul élan, juraient désormais selon la norme adjudantesque. Lorsqu'il écrasait les pieds de ses subordonnés – ce qui, reconnaissons-le, n'était pas fréquent –, il pensait également qu'il était de bon ton de dire *Hopla*[3] *!* Moyennant quoi, l'adjudant Ledoux se considérait comme parfaitement assimilé en Alsace.

S'il n'exerçait pas le commandement effectif de la brigade de gendarmerie, il en était l'indispensable moteur et le meilleur enquêteur. Le chef en titre, le commandant Schlumpf, répartissait équitablement son temps en trois activités essentielles : les relations professionnelles et de courtoisie avec les autorités civiles, les conférences de presse et les photos sur lesquelles il prenait avantageusement la pose, et la sieste qu'il pratiquait dans le confortable fauteuil

1. Dieu me damne.
2. Version édulcorée du précédent.
3. Excusez-moi !

de son bureau. Il laissait à ses subordonnés toute liberté de vaquer, de verbaliser et d'enquêter. Aussi l'adjudant ne doutait-il pas un instant que c'est lui qui allait prendre en main la direction de l'enquête sur ce meurtre.

Ayant ainsi exprimé son étonnement et reconnu par là même l'importance de la communication du brigadier, il enfourcha son dada : la procédure.

— Avez-vous gelé les lieux, brigadier ?

— Mande pardon, chef ?

— Les lieux sont-ils dans l'état où vous les avez trouvés ?

— C'est pas des cabinets, chef, c'est un confessionnal.

— *Nunndabuckel*, vous ne comprenez pas ? Vous n'avez touché à rien ?

— J'ai vérifié que Weberlé était bien mort. J'ai retourné le corps pour voir son visage et j'ai pris son pouls.

— On ne vous a donc rien appris à l'école de gendarmerie ? Il ne fallait pas toucher le cadavre, brigadier !

— Et s'il n'avait pas été mort, j'aurais dû le laisser crever ? objecta Schmitterlin avec un certain bon sens.

— Bon, vous ne bougez pas et vous ne laissez personne approcher, répliqua l'adjudant. Il faut que je prévienne le procureur, le médecin légiste et les services scientifiques à Colmar. Vous nous attendez et, surtout, vous ne prenez plus d'initiatives !

Et la communication s'interrompit.

Schmitterlin jeta un regard de reproche au smartphone d'où ne provenait plus aucun son : un iPhone X qui lui avait coûté la presque totalité de sa solde mensuelle.

— Il me prend pour un imbécile, le chef. Et pourtant, je ne suis pas un imbécile puisque je suis gendarme !

# 2

Devant l'écran de son ordinateur, Marius Gruber, maire d'Oberwihrheim, restait songeur. Occupé à fignoler son discours pour la fête du Travail qui se profilait à l'horizon, il s'était un moment interrompu pour taper sur Gougueule *Discours du premier mai*. Il s'était alors aperçu avec stupéfaction qu'un site proposait des discours payants aux maires en panne d'inspiration. Et pour les allécher, on leur offrait en prime une photo d'Anne Hidalgo. Tout émoustillé qu'il fût par la mairesse de Paris, Marius Gruber n'allait certes pas dilapider ses deniers dans cette entreprise. Car d'inspiration, il n'en manquait pas, lui. Il retourna derechef à son traitement de texte, et ses petits index boudinés se remirent à virevolter sur les touches.

— Qu'est-ce que tu fais sur Ford ?

La voix de son épouse le surprit en pleine envolée.

— Combien de fois je t'ai dit de ne pas m'interrompre quand je travaille, Choupette ! Et puis, Word, ça ne se prononce pas Ford, mais Oueurd. C'est pas une voiture. Et puis, ça y est, j'ai perdu le fil, tu es contente ?

— Le fil de quoi ?

— Le fil de mon discours pour le premier mai.

— Bah, t'as qu'à reprendre celui de l'année dernière, Marius. Il était très bien.

Gruber resta coi : décidément, sa femme ne comprenait rien à la politique municipale. Comment pouvait-elle seulement songer à lui faire répéter le même discours, alors que de toute évidence, il lui fallait se renouveler constamment pour pouvoir toucher le cœur, l'âme et les tripes de ses administrés ?

— Laisse-moi travailler, Choupette. Celui-là, il sera bien mieux encore. Tiens, en attendant, je vais te lire ce que j'ai déjà écrit. Je crois que c'est pas mal du tout.

Et les mots se mirent à rouler dans sa bouche comme des bonbons.

— *Le premier mai n'est pas un jour comme les autres, ce n'est jamais un moment anodin. C'est la fête des travailleurs, une fête qui fut décidée, instaurée, par l'Internationale socialiste et par personne d'autre, pour célébrer une lutte – celle pour la journée de huit heures – et pour en porter bien d'autres. Il est des vérités historiques qu'il est parfois utile de rappeler. Pour magnifier ce jour mémorable, nous inaugurons aujourd'hui à l'entrée du village un nouveau panneau de limitation de vitesse qui va régler désormais électroniquement et réglementairement la circulation, et grâce auquel l'ordre et le progrès ne cesseront d'affir-*

*mer leur prédominance. Et déjà se profile à l'horizon l'espace culturel qui va bientôt voir le jour et qui nous fait entrevoir des lendemains qui chantent dont je suis fier de vous annoncer qu'ils ne vont cesser de croître sous la férule bienveillante de l'administration communale dont l'humble représentant se tient modestement devant vous en ce jour béni.*

— Ah oui, c'est beau, concéda Choupette qui n'avait pas tout compris. J'aime bien quand tu parles des lendemains qui chantent. Ça me fait penser qu'on a répétition à la chorale demain…

Marius Gruber, qui était si content d'avoir su valoriser avec brio la mise en place du nouveau panneau lumineux et la prochaine construction de son grand œuvre, le centre culturel, baissa la tête, accablé devant tant d'incompréhension. Puis la muse, à nouveau, se mit à le titiller. Il était en train de lever les index, prêt à les abattre sur le clavier pour donner une suite magistrale à cette introduction si bien venue, lorsque la sonnerie de l'entrée se fit entendre.

Va voir qui c'est, Choupette, et dis que je suis très occupé.

Trente secondes s'écoulèrent avant que l'épouse du maire ne revienne dans le bureau pour annoncer :

— C'est un gendarme.

— Cette andouille de Schmitterlin ? Qu'il revienne dans une heure.

— Non, non, c'est pas Schmitterlin. Celui-là, c'est un vrai gendarme, un chef. Je crois que c'est l'adjudant Ledoux, de la brigade.

— Ah ! il choisit bien son moment, celui-là. Qu'est-ce qu'il peut bien me vouloir ? Allons, fais-le entrer.

L'adjudant Ledoux n'avait pas attendu le retour de Germaine Gruber, dite Choupette pour son époux et Gégé pour les copines. Il se tenait déjà dans l'embrasure de la porte du bureau.

— Pardonnez mon intrusion, monsieur le maire. Je viens vous voir à propos de Weberlé.

Marius Gruber rabattit ses paupières sur ses yeux que certains de ses adversaires disaient globuleux alors que d'autres les qualifiaient de porcins – faudrait savoir, les porcs n'ont pas les yeux globuleux – et compta mentalement jusqu'à sept. C'était le temps qu'il se donnait avant de parler chaque fois que la conversation en venait à évoquer Weberlé, son premier adjoint, qui avait longtemps aspiré à devenir maire, mais qui s'était fait rouler dans la farine par Gruber lors du vote du conseil. Depuis, les deux hommes se vouaient une haine vigilante encore que feutrée. Cette fois, Gruber décida même de compter jusqu'à dix.

Le gendarme, que ce silence inquiétait, crut que le maire n'avait pas compris :

— Weberlé. Votre premier adjoint. Celui qui est mort.

Marius déglutit et recompta jusqu'à dix tout en croisant ses mains sur sa large panse pour les empêcher de trembler.

— Weberlé est mort ? Je l'ai vu hier soir, à la réunion du conseil. Il avait l'air très vivant !

*Tu parles qu'il était vivant, le Weberlé : il n'a pas arrêté de me chercher noise devant le conseil à propos de ce chemin que la commune va réparer. C'est tout juste s'il ne m'a pas accusé d'avoir été acheté par les riverains. Il n'avait pas fait tant d'histoires quand on a cimenté le trottoir devant son magasin pour que les clients de monsieur Weberlé ne se tordent pas les chevilles dans les trous. Et après le conseil, il a recommencé, ce tordu ! S'il est mort, maintenant, on ne va pas le regretter : c'était vraiment un pourri !*

— Il était sans doute vivant hier soir, mais depuis ce matin, il est tout à fait mort. Sans doute assassiné. Personne ne vous a prévenu, monsieur le maire ?

Gruber crut déceler une pointe d'ironie dans les derniers propos du gendarme et se drapa dans sa dignité municipale.

— Non, et c'est étonnant. Qui aurait dû me prévenir ?

— Mais celle qui a découvert le corps, l'employée de la poste. Ou le gendarme Schmitterlin.

— Ah oui, notre gendarme local. C'est pas une lumière, lui. J'espère qu'ils ne sont pas tous comme ça, à la brigade.

Ledoux encaissa et grimaça un sourire. Après cet échange de banderilles, on pouvait entrer dans le vif du sujet :

— Mais dites-moi, mon adjudant, ai-je bien entendu ? Weberlé a été assassiné ?

— Ça m'en a tout l'air.

— Comment ?

— On ne sait pas encore.

— Par qui ?

— J'aimerais bien le savoir.

— Et pourquoi venez-vous me voir ?

— Mais pour vous mettre au courant d'abord. Parce que vous êtes le maire, donc *a priori* l'homme le mieux informé de ce village. Le plus important et le plus clairvoyant aussi. Peut-être avez-vous des lueurs sur ce qui a bien pu arriver ?

*Toi, mon bonhomme, je te vois venir. La brosse à reluire dans une main, le couteau dans l'autre. Tu dois déjà savoir que Weberlé et moi, on n'était pas très copains. D'ici à ce que tu penses que je l'ai tué...*

— Mon adjudant, je dois vous faire un aveu. Weberlé et moi entretenions des rapports qui n'étaient pas ceux de Montaigne et de La Boétie et que d'aucuns auraient pu, dans certaines circonstances sur lesquelles je ne m'étendrai pas, qualifier de réservés. Tout autant que mon adjoint, c'était un adversaire, certes valeureux, mais circonspect, que les hasards de la vie avaient mis sur mon chemin.

L'adjudant Ledoux avait des lettres : fervent lecteur de *Spirou* quelque vingt années plus tôt, il se remémorait les discours logorrhéiques et xyloglottes du maire de Champignac, capable de parler pendant dix minutes pour ne rien dire. Marius Gruber faisait certes de louables efforts pour se hisser à ce niveau d'excellence, mais l'étincelle finale lui manquait : ainsi le gendarme avait-il pu comprendre, à travers les méandres du discours grubérien, que le maire et son premier adjoint se crêpaient souvent le chignon. Ce qu'il n'ignorait pas d'ailleurs : les échos de leurs fréquentes querelles avaient allègrement franchi les murs, pourtant épais, de la gendarmerie. Pour autant, il n'imaginait pas que le maire pût en vouloir à son adjoint au point de le trucider. Il le lui dit tout de go :

— Bien entendu, monsieur le maire, vous êtes au-dessus de tout soupçon.

Un vieux fond de malice le poussa à ajouter :

— Pour l'instant.

Marius étendit la main, paume ouverte vers son interlocuteur, dans un geste auguste qui n'était pas sans évoquer César repoussant Brutus.

— Faites votre travail, mon adjudant. Dites-moi, quand Weberlé a-t-il été assassiné ?

— C'est qu'on ne sait pas encore grand-chose pour l'instant. Le médecin et l'équipe scientifique sont à l'église. J'attends qu'ils finissent d'examiner le corps. Il est probable que la mort date de cette nuit. Je dirais entre vingt-deux heures trente et une heure du matin. Bien entendu, vous étiez chez vous, au lit, à ces heures-là ?

— J'ai présidé le conseil municipal qui s'est terminé vers vingt-deux heures. Puis, avec quelques conseillers, je suis allé prendre un verre à La Taverne alsacienne. Je suis rentré vers vingt-trois heures. Mais attendez, il s'est passé une chose bizarre. J'étais déjà dans un demi-sommeil quand mon portable a sonné. Il était sur ma table de chevet. J'ai décroché : personne. Ça a peut-être un rapport avec le meurtre ?

— Peut-être. Ou peut-être pas. Quelle heure était-il ?

— Je n'ai pas pensé à regarder l'heure. C'est Choup… euh, ma femme qui m'a réveillé pour me dire : « Quel est l'imbécile qui peut appeler au milieu de la nuit ? »

— Je lui demanderai si elle se souvient de l'heure de l'appel, ne vous inquiétez pas. Pour l'instant, j'aimerais savoir, entre nous, comme ça, si vous avez une vague idée de la raison de ce meurtre et de l'identité du meurtrier. Weberlé avait-il des ennemis ?

L'adjudant retint cet « à part vous » qui lui brûlait les lèvres. Gruber avait parfaitement compris le sous-entendu. Il compléta à haute voix, sans circonlocution cette fois :

— À part moi, il y avait une bonne moitié du conseil municipal. Plus quelques vignerons, sans doute… Et tous les ennemis qu'il avait pu se faire dans ses relations d'affaires... ou autres.

# 3

Constantin Fuchs essuya son front luisant de sueur du revers de la main. Bien qu'on ne fût encore qu'au mois d'avril, le soleil semblait avoir pris ses quartiers d'été : pas encore très haut, certes – il n'était que dix heures –, mais dardant ses rayons comme aux plus beaux jours de juin. Voilà deux heures déjà que Constantin était dans ses vignes pour palisser les sarments qui prenaient leurs aises et avaient tendance à n'en faire qu'à leur tête.

— Comprends pas cette météo, maugréa-t-il. Il y a un mois, il y avait encore de la neige. Maintenant, on crève de chaud, et si ça se trouve, aux prochains saints de glace, il gèlera. Et alors, la vigne en prendra encore un sale coup. Mais pourquoi n'ai-je pas suivi les conseils de papa qui voulait que je devienne fonctionnaire ?

La mauvaise foi de Constantin frisait la perfection. En fait, il adorait la vigne. Fils de vigneron, il n'aurait voulu pour rien au monde exercer un autre métier. Simplement, bravant les foudres paternelles, il avait décidé de l'exercer autrement. Alors que papa usait et abusait des engrais chimiques, Constantin avait le respect de la terre et n'utilisait les engrais qu'avec circonspection. Papa, lui, avait sa trilogie personnelle « sulfatage, soufrage, sucrage » et produisait d'excellents sylvaners, rieslings et autres muscats qui n'avaient qu'un seul inconvénient : à partir du troisième verre, en même temps qu'une légère euphorie, ils avaient tendance à provoquer de très sérieux maux de tête. Constantin, mis en garde contre les excès de traitements en tous genres, avait identifié le responsable : les sulfites. Il leur livrait désormais une guerre sans merci, et l'une de ses grandes satisfactions avait été de pouvoir ajouter sur ses étiquettes « sans sulfites ajoutés ». Enfin, papa travaillait dix heures par jour, ne partait jamais en vacances et ne livrait qu'à son banquier et à son percepteur l'étendue de sa fortune, tout à fait confortable. Moyennant quoi il se plaignait *urbi et orbi* de la rigueur des temps, des charges qui ne cessaient d'augmenter, continuait à s'habiller comme le paysan pauvre qu'il avait été un demi-siècle plus tôt, baragouinait le traditionnel franco-alsacien des anciens et refusait chaque année à son épouse le séjour à Marrakech dont elle rêvait depuis toujours. Constantin, lui, travaillait également dix heures par jour, partait rarement en vacances, mais portait beau et parlait pointu. Et lorsque d'aventure il rencontrait son banquier, c'était plus souvent pour solliciter un prêt que pour approvisionner son compte. Bref, il faisait partie de la confrérie des « nouveaux vignerons » célébrant le culte de la nature et de la biodynamie, mais tirant encore souvent le diable par la queue.

— Alors, Tintin, ça roule ?

Constantin, qui devait ce surnom à la dernière syllabe de son prénom et à la mèche blonde et rebelle qui pointait sur son front, détestait qu'on l'appelât ainsi. Il s'apprêta à manifester son ire en termes choisis lorsqu'il reconnut l'auteur de l'apostrophe, Léonard Schnell, son voisin et complice en biodynamie.

— M'appelle pas Tintin ou je t'appelle Nanard. À part ça, fait sacrément chaud. T'aurais pas un coup à boire ?

La question était superflue : Léonard ne s'aventurait hors de chez lui qu'avec une gibecière d'où n'émergeaient jamais moins de trois goulots. Perpétuellement assoiffé, jamais ivre. Et toujours prêt à partager.

— Ça peut s'arranger. Tiens, bois. Et puis écoute un peu : j'ai une sacrée nouvelle !

— Ta femme est revenue ?

— Non, non. Elle est toujours chez sa mère. Et c'est pas plus mal.

— Alors, t'arrêtes de boire ?

— Pas fou, non ? J'suis producteur et consommateur, moi.

— Alors, c'est quoi, ta nouvelle ?

— Accroche-toi au cep : le père Weberlé est mort !

La bouteille que Constantin était en train de porter à sa bouche resta en suspens, et son regard se fit interrogateur :

— Mais je l'ai vu hier. Il était en pleine forme !

— Ça, c'était hier. Depuis ce matin, môssieur Weberlé est décédé. Et tiens-toi bien, il a été assassiné ! J'ai vu Léopoldine à la poste. C'est elle qui m'en a parlé.

— T'as vu ma tante ? Mais comment savait-elle que Weberlé ?...

— C'est elle qui a découvert le corps ce matin. Tu ne devineras jamais où...

— … ?

— Dans le confessionnal de l'église.

— C'est bien la première fois qu'on l'aura vu à l'église, ce coco. Et qui a fait le coup ?

— On n'en sait rien.

Constantin et Léonard se dévisagèrent sans parler pendant quelques secondes, avec la même interrogation dans le regard : « Ce ne serait pas toi, par hasard ? » Jumeaux en viticulture, ils l'étaient également en détestation de Weberlé. Il y avait certes une part de jalousie dans leur commune hostilité envers le premier adjoint qui, non content d'étaler son opulence, de leur avoir raflé – par quels moyens ? – des marchés qu'ils croyaient acquis, les écrasait de sa morgue. Mais ils étaient également persuadés, sans en avoir jamais acquis la preuve, que ses vins étaient aussi trafiqués que ses comptes et qu'il ne devait son insolente réussite qu'à d'évidents tripatouillages. Leur seule certitude était que leurs vins biodynamiques étaient d'une tout autre qualité que sa piquette qui portait un label bio obtenu Dieu sait comment.

— Bon, ben, en attendant, ça s'arrose, conclut Léonard qui ne manquait pas la moindre occasion d'entonner un hymne à saint Morand et à saint Étienne, ses deux patrons vénérés. Et il tira deux longues rasades d'une de ses bouteilles.

— Pas mauvais du tout, commenta Constantin qui, revenu de sa surprise, avait lui aussi bu quelques gorgées à la bouteille offerte par son ami. Ton petit chasselas, hein ?

— Pas petit du tout. Un très bon vin de soif. Mais la clientèle préfère des vins plus corsés.

Léonard était l'un des derniers vignerons alsaciens à cultiver du chasselas qui produisait un vin sec, peu fruité, qu'il préférait à tous les autres, certes plus distingués et d'un meilleur rapport. Il l'assemblait à du muscat et du riesling pour en tirer un edelzwicker fort prisé des connaisseurs, mais qu'il avait beaucoup de mal à vendre.

— Ah ! c'est pas Weberlé qui sait faire des vins pareils. Lui, c'est la grosse artillerie commerciale.

— C'était, mon vieux Constantin, c'était… Maintenant qu'il n'est plus là, on va peut-être pouvoir s'attaquer au marché chinois.

— Bof, ils n'y connaissent rien, les Chinois. Tout ce qu'ils veulent, c'est du vin français, avec une belle étiquette et la mention « bio ».

— Bio ! S'ils savaient, les pauvres… Ça servait surtout à Weberlé à vendre son vin trente pour cent plus cher.

— Tiens, je pense à un truc, Léonard. Tu sais qu'il y a quelques jours, en fermant mes volets, je l'ai vu dans le cimetière qui jouxte mon jardin. Il n'était pas loin de minuit. Il regardait par-dessus le mur vers la maison voisine. Bizarre, non ?

— T'es un grand naïf, Constantin. Tu sais qui habite la maison voisine, non ?

— Oui, Évariste, le secrétaire de mairie, et sa femme, la jolie Marie, la directrice de l'école primaire...

— Ben oui, en plus, c'était un voyeur. Ah ! le salaud ! Tiens, je vais encore boire un coup. À la santé de Weberlé qui n'est plus là.

Tandis que Constantin et Léonard échangeaient ces propos désabusés et, pour tout dire, peu confraternels, une frêle silhouette s'était arrêtée sur le chemin en bordure des vignes et avait posé son vélo dans l'herbe. C'était Waldemar, dit Waldo, onze ans aux prochaines cerises, qu'on avait généralement beaucoup plus de chances de rencontrer dans les collines s'exerçant au free-style sur son BMX qu'en train de cirer les bancs de l'école. Il avait surpris les derniers mots des deux compères et approuva bruyamment :

— Ah ouais, c'est bien un salaud. Même qu'il m'a foutu deux claques, hier.

— Dis donc, Waldo, t'es pas en classe, toi ?

— C'est samedi, aujourd'hui. J'ai pas classe.

— Alors, qu'est-ce que tu fais par ici ?

— Je m'balade. Mais pourquoi vous avez dit que Weberlé il est plus là ?

— Ah ! tu ne sais pas ? On l'a assassiné.

— Genre il est mort ? C'est bien fait. Il avait qu'à pas me taper, ce bouffon !

Waldo avait le vocabulaire et le franc-parler propres

à son jeune âge et le jugement expéditif. Quand il ne s'exerçait pas aux « tricks » sur son BMX, il était adepte de ces jeux vidéo où l'on s'expédiait dans l'autre monde, avec force éclaboussements sanguinolents. Ce n'était donc que justice que Weberlé ait été puni pour lui avoir balancé deux gifles. Mais comme il avait l'âme sensible, Waldo estima, tout compte fait, que la punition était peut-être un peu lourde :

— Schmitterlin aurait pu le mettre en prison, ce gros con. C'était pas la peine de le tuer comme dans *The Monster Killer*.

— Mais t'es pas dans *The Monster Killer*, là… Et d'abord, je croyais que tes parents t'avaient interdit de regarder ce genre de jeu vidéo.

— Mes parents, oui…

La frimousse de Waldo, cheveux en broussaille, nez retroussé et pommettes tachées de son, s'éclaira d'un grand sourire :

— Mais je peux *geeker* autre part. Je vous le dis à vous si vous me promettez de pas le répéter. Un truc de ouf !

— On promet. Juré, craché !

Et Waldo raconta à Constantin et à Léonard comment, certains soirs, après l'école et la traditionnelle séance de foot avec ses petits camarades, il se rendait chez la postière. Et là…

— Elle te laisse jouer sur son ordinateur, Léopoldine ?

— Elle savait rien faire sur son PC. Genre c'est moi qui lui ai appris à se servir de Gougueule et de sa messagerie, à aller sur La Croix. Je l'ai même inscrite sur Fessebouc, Instagram et sur Canal + sports : parfois, on regarde les matches de foot ensemble. Et pendant qu'elle va à l'église ou à la poste, elle me laisse devant l'ordi. Genre elle croit que je regarde *Blanche-Neige*. C'est trop cool ! Je kiffe grave.

— Dis donc, t'es un sacré filou, toi... Alors, c'est un peu ta fiancée, Léopoldine ?

Le rouge monta au front de Waldo :

— Ça va pas, la tête ? Elle est beaucoup trop vieille pour moi !

— Ça se défend. Mais tu l'aimes bien, Léopoldine. Et t'aimes pas Weberlé.

— Ben non. Un jour, il m'a demandé de garder la boutique pendant qu'il faisait une course. Quand il est revenu, il m'a même pas dit merci. Moi, j'avais trouvé des chocolats dans un tiroir, vous savez ces chocolats qu'il donne à ses clients quand ils dégustent du vin. J'en ai mis plein mes poches…

— Alors, les gifles, c'était pour ça, hier ?

— Ben oui. Il était encore parti et j'en ai profité. Quand il est revenu avec le mec, il m'a vu. Et paf…

Constantin et Léonard échangèrent un regard interrogateur :

— Le mec ? Quel mec ?

Waldo escompta le bénéfice qu'il pourrait tirer de ses futures révélations :

— Si je vous dis tout ce que je sais, vous me donnez quoi ?

— Pas de chantage avec moi, le reprit Constantin.

Tu nous racontes et moi, je ne dirai pas à Léopoldine ce que tu fais sur son ordi. D'accord ?

Waldo acquiesça, penaud : question marchandage, il ne faisait pas encore le poids. Il décida néanmoins de ne pas tout dire. Non, mais !

— Eh ben, le mec, c'était celui du supermarché de Colmar.

— … ?

— Oui, celui qui réfé… réfé… J'connais pas le mot. Celui qui fait que le vin de Weberlé, on le trouve dans le supermarché.

— Celui qui référence, oui. Ça s'appelle un acheteur. Il est venu me voir aussi, dit Léonard en se tournant vers Constantin. Mais il m'offrait des queues de cerise, j'ai refusé. Faut croire que Weberlé savait mieux y faire avec son vin… bio.

— Oui, c'est ça : l'acheteur. Je sais même qu'il s'appelle Patrick. Et ils s'engueulaient grave, Weberlé et lui. Jusqu'à ce que Weberlé me voie.

— Et qu'est-ce qu'ils s'étaient dit, avant ?

*Cause toujours, Constantin, t'en sauras pas plus. Tu m'as eu avec ton truc, là, ton chantage. Mais je me garde le reste pour moi.*

— Ben ça, j'sais pas, j'ai rien compris. Mais y s'engueulaient comme du poisson pourri. Le mec, l'acheteur, il a même dit : « Weberlé, t'es une belle ordure. » Puis après, ils m'ont vu, ils ont plus parlé et j'ai pris deux baffes. Dis, Léonard, tu m'offres un coup à boire, maintenant ?

— Pas fou, non ? À ton âge ? Viens me voir, ce soir, je te filerai un nouveau jeu.

Waldo fit la moue. Il les connaissait, les jeux de Léonard : c'était bon pour les filles. Il dit merci pour la forme, enfourcha son BMX et repartit vers le village. Il savait à qui il pourrait raconter les bribes de conversation entre Weberlé et l'acheteur qu'il avait tues à Constantin et à Léonard : Léopoldine, bien sûr. Elle le paierait en chocolats, comme d'habitude. Peut-être même qu'elle le laisserait faire un canard avec son marc de gewürtz, l'alcool blanc devant lequel la vieille fille se mettait à genoux, tout comme devant la Vierge Marie. À défaut d'avoir réussi à persuader Waldo d'aller à la messe, elle l'avait converti au rituel du canard au schnaps. Et au football : ce soir, ils regarderaient ensemble Saint-Étienne affronter Strasbourg à la Meinau.

Deux heures plus tard, Constantin, qui avait réussi à convaincre Léonard de l'aider à finir de palisser les sarments de son lopin de vigne, passa le dos de sa main sur son front ruisselant :

— Ça y est, on arrive au bout. Il était temps : on n'a plus rien à boire. Tu viens manger un morceau chez moi ?

— Pas de refus. Chez moi, j'ai plus que des nouilles. Et du vin, bien sûr. Mais dis donc, c'est quoi, ce bruit de machine à coudre ?

Sur la route, à une dizaine de mètres en contrebas, venait d'apparaître, grimpant maladroitement la côte, un étrange véhicule tout rouge, tenant à la fois du scarabée et de la charrette à foin. Le bruit qui en émanait pouvait effectivement passer pour celui d'une machine à coudre affolée. C'était la voiturette électrique sans permis – et d'occasion – dont Léopoldine avait fait l'achat six mois plus tôt et qu'elle avait enjoint à son garagiste de repeindre en rouge sang.

— Elle a bien fait de prendre cette couleur, commenta Constantin. Comme ça, on peut la voir venir de loin et se garer sur le bas-côté.

Car même à quarante-cinq kilomètres-heure, la vitesse maximum de la Twizy, Léopoldine demeurait un danger public. Après avoir commis un nombre respectable d'excès de vitesse et avoir occasionné deux accidents successifs dont elle était sortie indemne, mais qui avaient expédié à la casse ses précédentes voitures, on lui avait définitivement retiré son permis. Elle avait donc dû se résoudre, contrainte et penaude, à acheter cette petite chose bourdonnante qu'elle menait à grands coups de volant.

— Mais pourquoi elle conduit aussi mal, ta tante ?

— Oh ben, c'est pas qu'elle conduise mal. Simplement, elle pense à autre chose. Elle t'a jamais parlé de ses petites cellules grises ? Elles s'agitent sans cesse et, du coup, elle oublie de regarder la route.

— Et où elle va comme ça ?

— On est samedi, non ? La poste vient de fermer. Elle va voir sa mère à la maison de retraite Sainte-Famille à Ribeauvillé. Elle va sans doute lui annoncer la mort de Weberlé. Et aussi chercher des renseignements. Elle s'est mise en chasse, Léopoldine...

## 4

*Finalement, j'aurais pu être curé si j'avais été un homme. Dans mon bureau de poste, je recueille les confidences, comme le curé recueille celles des paroissiennes dans son confessionnal. Comme le curé, je ne dis à personne ce que j'apprends. Je sais tout et je ne dis rien.*

Dans les moments où elle laissait ses pensées battre la campagne, Léopoldine n'avait pas peur de se livrer à des extrapolations hasardeuses qu'elle n'aurait certes pas confiées au nouveau chargé d'âmes, le juvénile curé Brumm. Celui-ci se partageait entre quatre paroisses, dont celle d'Oberwihrheim, et s'il appréciait le dévouement de Léopoldine et l'attention qu'elle portait à l'entretien de l'église, une bâtisse soviétiforme que les passants non informés prenaient pour un hangar en béton flanqué d'un château d'eau, il eût très peu goûté la comparaison. D'autant qu'il n'avait pas l'âme inquisitoriale, ce qui était précisément le péché mignon de Léopoldine. Weberlé avait été assassiné ? Eh bien, c'était elle qui avait découvert le corps et c'était elle aussi qui allait découvrir l'assassin. Ainsi en avait-elle décidé. On ne pouvait tout de même pas faire confiance à Schmitterlin ! Quant à l'adjudant Ledoux qui, ayant appris qu'elle était à l'origine de la découverte du corps, l'avait fait prévenir par Schmitterlin de sa prochaine visite, il paraissait certes moins obtus que son subordonné, mais il n'avait pas comme Léopoldine la connaissance intime de l'âme du village, son réseau d'informateurs et ses moyens d'investigation.

Car nous avons oublié de préciser, en informant le lecteur des multiples activités de Léopoldine, qu'elle était également consommatrice assidue de romans policiers. Les anciens, ceux dans lesquels le héros se sert moins de ses muscles que de ses petites cellules grises pour élucider une énigme. Or, en matière de cellules grises, Léopoldine s'estimait aussi bien pourvue qu'un autre. Ayant suivi la majorité des enquêtes d'Hercule Poirot, de Jules Maigret et surtout de miss Marple, ses trois détectives préférés, elle en avait assimilé les méthodes, les techniques et les raisonnements fort dissemblables, mais toujours couronnés de succès. Elle savait que pour identifier le coupable, il fallait trouver le mobile, l'occasion, les moyens et l'arme du crime. Et enfin, elle avait fait sienne la formule « cherchez la femme » qui lui paraissait d'une grande sagesse.

Pour l'heure, dans le bureau de poste momentanément désert, elle recueillait les confidences véhémentes de Waldo qui n'avait toujours pas digéré les deux claques assénées par le défunt Joseph Weberlé.

— L'autre, le Patrick, il l'a traité d'ordure. Il avait bien raison !

— Le Patrick ? Quel Patrick ?

— Celui du supermarché. L'acheteur. C'est Constantin qui me l'a dit.

— Connais pas. Mais je l'ai vu hier. Et alors, tu as entendu ce qu'ils disaient ?

— Oui. Joseph lui a dit : « Mon petit Patrick, je te tiens par les couilles. Alors, tu traites à mes conditions et c'est tout. Ça veut dire quoi « tu traites à mes conditions », Léopoldine ?

— Ça veut dire « tu me donnes pour mon vin le prix que je veux ». Mais j'ai entendu un autre mot qui ne me plaît pas beaucoup, Waldo.

— Mais j'y peux rien s'il a dit « couilles » ! Alors, tu me donnes du chocolat ?

— Ah ! j'ai pas de chocolat, ici. Tu viendras me voir quand je serai rentrée ce soir, avant le match de foot. Et c'est tout ce qu'ils ont dit ?

— Le Patrick, il a encore dit : « Bon, t'as gagné ce coup-ci. Tu l'auras, ta tête de gondole. Mais t'inquiète pas, moi aussi, je vais avoir quelques petites informations sur toi. Si elles se confirment, tu pourras dire adieu à ta tête de gondole. » Dis, Léopoldine, c'est quoi, une tête de gondole ?

— C'est l'endroit dans le supermarché où les vins se voient le mieux et se vendent le plus. Allez, file maintenant. Je vois une cliente qui arrive. Tu viens ce soir, hein ? On regardera le foot ensemble.

— Et un canard, Léopoldine. J'veux un canard aussi ! glapit le gamin, esquivant le mouvement moitié gifle, moitié caresse, de la postière. Il sauta sur le BMX qu'il leva comme un vrai pro avant de prendre le large.

— Ah ! Gégé, qu'est-ce qui t'amène ?

Germaine Gruber, la femme du maire, que Waldo avait bousculée en s'esquivant, venait de faire irruption dans le bureau de poste. À son air ébouriffé de poule qui vient de pondre un œuf, Léopoldine, qui était l'une des privilégiées autorisées à l'appeler par son surnom, devina qu'elle allait avoir droit à de nouvelles confidences. Mais Gégé savait respecter les convenances. Aussi tendit-elle à la postière une lettre qu'elle aurait très bien pu mettre à la boîte elle-même :

— Tu veux bien me mettre un timbre, s'il te plaît, Léopoldine ?

Au lieu de lui dire « Allez, Gégé, dis-moi tout ! », Léopoldine, qui savait également se tenir, demanda :

— Lettre prioritaire ou verte ?

Une épouse de maire consciente de son rang ne saurait expédier son courrier au tarif du tout-venant.

— Prioritaire, répondit donc Gégé.

Puis, jugeant qu'elle avait suffisamment respecté les formes, elle se lança tout de go :

— Tu sais que Joseph a été assassiné ?

Léopoldine hésita une demi-seconde à répondre qu'elle en avait été la première informée, ce qui aurait radicalement coupé le sifflet à son interlocutrice. Elle ne pouvait pas non plus dire qu'elle ne savait rien. Elle opta donc pour une réponse en forme d'encouragement :

— Eh oui, je l'ai appris. Mais ce n'est pas cette andouille de Schmitterlin qui va découvrir le meurtrier !

— Tu penses bien qu'il n'est plus dans le coup. C'est l'adjudant Ledoux qui mène l'enquête. Il est venu voir mon mari.

*Il va falloir que tu m'en dises plus, Gégé. Tout ça, je le sais déjà.*

— Ah oui, et ton mari, il sait quelque chose ?

— Mais non. Il dormait à l'heure du crime.

— Ah ! parce que tu connais l'heure du crime ?

— Oui, je crois. Il était onze heures vingt lorsque le meurtrier a appelé. Enfin, je crois que c'est le meurtrier.

*Tiens bon la rampe, Léopoldine. Là, on va tout droit vers du très lourd.*

Car Léopoldine, lorsqu'elle se parlait à elle-même, n'avait pas peur d'utiliser un langage imagé qu'elle n'aurait certes pas utilisé pour s'adresser à la Vierge Marie. Ni à la femme du maire. Elle se composa donc un visage particulièrement étonné, presque admiratif :

— Parce que le meurtrier vous a appelés ? Eh bien, ça alors !

Consciente d'avoir poussé le bouchon un peu loin, Gégé esquissa un pas de retrait :

— Oui, enfin, je pense que c'est lui. Ça ne pouvait être que lui. Personne n'appelle à ces heures-là !

*Eh bien, si, justement, Gégé... T'arrêtes de dire des bêtises grosses comme toi ?*

— Et qu'est-ce qu'il a dit ?

— Rien.

— Comment, rien ? Il ne t'a pas dit un seul mot ?

— Eh bien, tu sais, c'est mon mari qui avait le portable sur sa table de chevet. Il a dit « Allô » pendant que je regardais l'heure.

— Il a dit « Allô ». Et l'autre a dit quoi ?

— Rien. Il a respiré et plus rien.

— C'est ton mari qui t'a dit ça ?

— Oui.

— Et tu connais le numéro de la personne qui vous a appelés ?

— Non. J'ai pas pensé à regarder. Et Marius non plus.

— Eh bien, cours à la maison et regardez tous les deux. Et reviens vite !

*Non, mais quelle cruche ! Quelqu'un les appelle en pleine nuit, et ils ne pensent pas à regarder le numéro qui s'affiche. Pas plus elle que lui. Ah ! c'est un maire de compétition, celui-là !*

Domptée par l'autorité de la postière, Germaine Gruber, dite Gégé, dite Choupette, fit faire un demi-tour réglementaire à son quintal de gélatine corsetée et, se dandinant comme un canard asthmatique, reprit le chemin de son domicile, suivie du regard par une Léopoldine qui rassemblait mentalement les indices qu'elle avait recueillis : la dispute de Weberlé avec un acheteur quelques heures avant sa mort et un mystérieux coup de fil peut-être dû au meurtrier. Sans compter la « chose » découverte quelques jours plus tôt à l'endroit même où gisait le cadavre. C'était maigre. Elle connaissait, bien sûr, tous ceux, dans le village, qui avaient de bonnes ou de mauvaises raisons d'en vouloir à Weberlé, mais n'en était pas plus avancée pour autant. Pour en apprendre plus, il fallait qu'elle tire les vers du nez à l'adjudant Ledoux. Lequel poussait précisément à cet instant la porte du bureau de poste, avec la ferme intention de sonder la postière au plus profond. Le militaire et la vieille fille se jaugèrent du regard pendant quelques secondes. S'étant reconnus comme des adversaires valeureux, ils entamèrent un dialogue dont chacun espérait tirer le meilleur profit.

— Je reviens vous voir comme c'était convenu entre nous, madame.

— Mademoiselle…

— Pardon, j'espère ne pas vous avoir froissée.

— Pas du tout, mon capitaine, répondit Léopoldine qui connaissait parfaitement le grade de son interlocuteur.

Ledoux ne releva pas : qu'il s'agisse de provocation ou d'ignorance, il avait l'habitude qu'on l'appelle n'importe comment. Tous les grades y passaient, même ceux qui n'existaient pas. L'année passée, une vieille dame qui s'était fait détrousser lui avait dit : « J'espère que vous les retrouverez, ces bandits, mon révérend. » Il les avait retrouvés. La vieille dame l'en avait remercié par un : « Ah ! vous êtes très forts dans la gendarmerie, monsieur le proviseur. » Dès lors, qu'on le qualifie de brigadier, de colonel ou de grand mamamouchi le laissait de marbre. Il attaqua derechef :

— C'est donc vous qui avez trouvé Weberlé dans le confessionnal. Vous souvenez-vous de l'heure ?

— Comme je l'ai dit à votre… à votre…

— … à mon subordonné, oui…

Tous deux, en même temps, avaient pensé « … à cette andouille de Schmitterlin ». Mais on était entre gens du meilleur monde : la précision n'avait pas franchi leurs lèvres.

— Il devait être sept heures quinze. Je suis entré dans l'église peu après sept heures et le temps de dire mon rosaire et d'arranger les fleurs…

— Donc, Weberlé était dans le confessionnal. Dans quelle position ?

— Sur le siège du curé, affalé contre le grillage.

— Qu'avez-vous fait alors ?

— Eh bien, je ne l'ai pas reconnu tout de suite. J'ai dit : « Eh ! monsieur, sortez de là ! » Comme il ne bougeait pas, je me suis approchée, l'ai secoué. Il ne bougeait toujours pas. J'ai alors vu que c'était monsieur Weberlé. J'ai touché sa tête : il était tout froid. J'ai réalisé qu'il était mort.

— Et vous êtes allé voir Schmitterlin qui habite à côté.

— Non, pas tout de suite. Je tremblais. Je me suis agenouillée et j'ai prié pour le salut de son âme.

*Mais pourquoi je mens comme ça ? Juste pour me valoriser vis-à-vis de ce gendarme ? Ou pour lui faire croire que je ne suis qu'une pauvre vieille bigote ?*

Après cette tentative avortée d'introspection, Léopoldine se crut obligée d'ajouter :

— Vous comprenez, il est mort en état de péché.

Le visage du gendarme ne trahit pas la moindre émotion, mais intérieurement, il se mit à jubiler. Pour un peu, il se serait frotté les mains.

*Hé, hé ! Elle doit en savoir gros sur Weberlé. Il ne devait pas être blanc-bleu, l'adjoint.*

— Ah oui, et pourquoi dites-vous ça ?

— Mais parce qu'il ne s'était pas confessé depuis un an, voyons !

*Et toc ! Tu ne croyais tout de même pas que j'allais te raconter tout ce que je sais ?*

Ledoux n'osa pas croire que Léopoldine s'était payé sa tête. Il ravala sa déception et continua sur le même ton :

— Donc, il n'allait pas souvent à l'église. Mais savez-vous s'il avait des ennemis ?

— Je n'ai pas dit qu'il n'allait pas souvent à l'église. En fait, il n'y allait presque jamais. Mais qui n'a pas d'ennemis, mon capitaine ? Nous sommes tous des pécheurs. Monsieur Weberlé portait sa croix comme les autres. Il était riche. Donc, on l'enviait. L'envie est un vilain défaut, mon capitaine.

Cette fois, l'adjudant estima en avoir assez entendu : son interlocutrice déroulait son propos lénifiant sans lui apporter aucune information. En clair, et dans un langage plus imagé, elle se foutait de sa gueule. Il embraya en passant la vitesse supérieure :

— Allons, allons, mademoiselle. Nous savons que vous êtes aux premières loges pour savoir ce qui se passe dans le village. Alors, ces ennemis ?

Léopoldine décida de jeter du lest. Donnant, donnant.

— Si je connaissais l'heure de la mort, je pourrais peut-être vous dire quelque chose…

— Entre vingt-deux heures trente et une heure du matin, d'après les premières constatations.

— Oui, c'est bien ça. C'est dans ces heures-là, parfois un peu plus tôt, que j'ai vu monsieur Weberlé à deux ou trois reprises se promener dans le village.

Le gendarme manqua s'étrangler :

— *Nunndabuckel*, vous avez vu quoi ? Et d'abord, qu'est-ce que vous faisiez dehors à cette heure ?

— Oh ! je n'étais pas dehors. Vous voyez, je suis insomniaque. Alors, la nuit, parfois, quand je ne peux pas dormir, je m'accoude à ma fenêtre et je regarde les étoiles. Dieu est là-haut qui nous observe…

*Tu parles, mon adjudant, que je regarde les étoiles. Je suis derrière mes volets et je vois tout ce qui se passe dans la rue. Mais c'est vrai que j'ai vu Weberlé. Et je sais où il allait. Mais ça, mon adjudant, tu ne le sauras pas...*

— Oui, c'était souvent vers vingt-trois heures. Il avait l'air de quelqu'un qui ne voulait pas qu'on le voie. Mais savez-vous de quoi il est mort ?

Encore sous l'effet de la révélation, Ledoux répondit machinalement :

— Un coup sur la tête.

# 5

*Un coup sur la tête ? C'est bien à la tempe qu'il avait son ecchymose. Mais comment peut-on mourir d'un coup sur la tête assis dans un confessionnal ? Weberlé n'est pas mort à l'intérieur, il y est entré pour mourir. Donc, on l'a frappé avant et il n'est pas mort tout de suite. A-t-il été frappé dans l'église ? Ou dans le cimetière, à côté ? Ou plus simplement dans la rue, par quelqu'un qui l'attendait, dans un coin ? Mais non, je sais bien où il allait la nuit. C'est là qu'il a dû être surpris et frappé. Et il a dû ensuite s'enfuir et se réfugier dans l'église, puis dans le confessionnal. Mais qui ? Pourquoi ?*

Elle avait beau agiter ses petites cellules grises, Léopoldine, elle n'arrivait pas à trouver le moindre fil conducteur à cette histoire. Sa visite à la maison de retraite Sainte-Famille à Ribeauvillé où sa mère, Joséphine, résidait depuis quelques mois, ne lui avait pas apporté grand-chose. Pourtant, elle en avait espéré beaucoup.

Du temps où les deux femmes vivaient encore ensemble à Oberwihrheim, la mère de Léopoldine, clouée sur son fauteuil d'infirme, mais encore pleine de vitalité et parfois de mordant malgré ses quatre-vingt-cinq ans bien sonnés, recevait beaucoup. Et notamment Noémie, l'ex-femme de Joseph Weberlé, qui venait la voir régulièrement. Tandis que Léopoldine, tout en tamponnant ses lettres à la poste, récoltait de quoi instruire la petite histoire du village, Joséphine et Noémie, à la maison, tricotaient leurs souvenirs et se souvenaient des temps heureux. Ou malheureux : sur celui qui avait cessé d'être son mari après un divorce houleux deux ans plus tôt, Noémie regorgeait d'anecdotes vengeresses et parfois scabreuses.

Et puis un jour de juin 2017, Joséphine avait décidé de quitter le domicile de sa fille pour la Sainte-Famille.

— Pas la peine de discuter, avait-elle dit à Léopoldine. Ici, je t'encombre. Je ne suis plus bonne à rien. Noémie pourra aussi bien venir me voir là-bas. Et puis, il y aura des docteurs pour s'occuper de moi, ne t'inquiète pas. Tu viendras me voir aussi, n'est-ce pas ?

— Mais, maman, tu vas te sentir seule là-bas, même si Noémie et moi venons te voir. Et puis, tu aimes bien manger... Là-bas, la cuisine n'est pas très bonne, avait tenté de protester Léopoldine.

— Ah oui, parce que tu te prends pour une bonne cuisinière, maintenant ? Et puis t'es jamais là. Et tu ne sais même pas jouer à la belote. Et puis, je n'aime pas ton marc de gewürtz, voilà !

Devant ce dernier argument, imparable, Léopoldine s'était inclinée. Elle eût pu faire des efforts devant ses fourneaux, consacrer plus de temps à sa mère, apprendre même à jouer à la belote. Mais jamais, au grand jamais, elle n'aurait accepté de changer de fournisseur pour son marc de gewürtz.

Ainsi, depuis près d'un an, Joséphine, qui avait troqué son fauteuil pour une chaise roulante, arpentait les couloirs de la maison Sainte-Famille en houspillant le personnel, émettait régulièrement des commentaires désobligeants sur la qualité de la nourriture, renversait à l'occasion son assiette sur la table en grommelant « C'est de la merde » et terrorisait les autres pensionnaires qui n'avaient pas sa tonitruante vitalité et qu'elle traitait de « vieux débris ». Elle ne se calmait – relativement – que lors des parties de belote au cours desquelles elle accusait tout de même ses partenaires de tricher.

— Elle a de la personnalité, votre maman, avait dit un jour la directrice à Léopoldine au cours de l'une de ses visites hebdomadaires.

La postière avait opiné.

En venant la voir ce samedi pour lui annoncer la mort de Joseph Weberlé, elle avait espéré que Joséphine, très informée par Noémie, aurait pu lui fournir sur le passé du premier adjoint au maire quelque élément qui eût pu la guider dans ses recherches. Mais non : Noémie ressassait inlassablement la même litanie de femme humiliée, femme battue, femme trompée. Des autres, ceux qui auraient pu en vouloir également à son ex-mari, elle ne savait rien.

— Attends, avait dit Joséphine avant que Léopoldine ne se décide à partir. Il y a peut-être quelque chose : le Weberlé, il fricotait. Des histoires de mélanges de vins, d'excédents de production camouflée, de factures gonflées, je ne sais trop quoi. Mais ça, Noémie, quand elle recevait une raclée, elle s'en moquait un peu. Tu veux que j'essaie de lui tirer les vers du nez demain quand elle viendra me voir ?

— C'est ça, maman, tire-lui les vers du nez, avait rétorqué Léopoldine. Si t'apprends quelque chose d'intéressant, tu me passes un coup de fil. Mais ce n'était pas la peine de traiter de « vieille peau » la charmante vieille dame qui m'a conduite à toi, dans le jardin.

— Et pourquoi je me priverais, ma fille ? T'as pas vu sa tête de vieux hareng saur ?

*En pleine forme, maman ! Mais pour l'instant, j'en sais pas plus. Que Weberlé ait trafiqué ses vins, personne n'en parlait, mais tout le monde le savait. Mais ça ne me dit pas qui l'a tué, ni pourquoi. Allez, on va piquer un peu d'argent au casino pour se remettre les idées d'aplomb.*

Quelques années plus tôt, sortant de Ribeauvillé pour aller à Colmar, pétaradant à plus de cent dix kilomètres-heure dans sa coccinelle Volkswagen d'un rouge agressif alors qu'elle jouissait de toutes les virtualités de son permis de conduire qui comptait encore quatre points, Léopoldine s'était rendu compte qu'un nouveau centre commercial venait de sortir de terre et allait bientôt ouvrir en bordure de la route.

— Tiens, un Casino. Il faudra que je l'essaie. Ça me changera de Leclerc.

Si l'architecture minimaliste du bâtiment et son enseigne d'un graphisme élémentaire évoquaient bien de loin ledit supermarché, il s'agissait en fait du dernier-né du groupe Lucien Barrière, un casino où les rayons de conserves et de victuailles et les caddies auraient cédé la place aux machines à sous et aux tables de jeu. À mesure que des embellissements de façade, de la végétation et de nouvelles constructions plus élégantes étaient apparus, Léopoldine, dont les chemins buissonniers la conduisaient parfois dans les parages, avait pris conscience de son erreur. À défaut d'aller à Vegas, un rêve qu'elle avait caressé fugacement dans sa prime jeunesse, elle avait donc pris, par une frisquette soirée de printemps 2014, la décision d'aller se mesurer aux bandits manchots de Ribeauvillé.

Après avoir garé sa coccinelle sang-de-bœuf aux côtés d'imposantes berlines qui avaient l'air de la toiser en se demandant si sa maman lui avait permis de sortir, elle avait commencé par ciller à la vue des scintillants néons de toutes les couleurs qui semblaient l'assaillir. Mais ce qu'elle voyait ne ressemblait guère au Vegas popularisé par *Casino*, le film de Martin Scorsese que Léopoldine avait vu trois fois. Il y avait bien deux jeunes gens à l'entrée, destinés sans doute à veiller à la bonne tenue des joueurs. Très propres sur eux, ils n'avaient cependant pas les épaules de De Niro ni la bouille inquiétante de Joe Pesci. Presque déçue que les deux similimastards ne l'aient pas fouillée pour vérifier qu'elle n'avait pas caché un Smith & Wesson sous ses jupons, elle s'était adressée à une jeune fille qui lui avait demandé une pièce d'identité et avait vérifié ensuite sur son écran que son nom ne figurait pas sur la liste des joueurs interdits. La postière en avait eu presque un frisson dans le dos : ainsi, il fallait tout de même montrer patte blanche. Puis elle avait pénétré dans ce qu'elle pensait être l'antre de tous les vices et qui n'était en fait qu'un paisible passe-temps pour petits-bourgeois et retraités en goguette.

Des machines à sous, il y en avait de toutes les couleurs, de tous les acabits, à trois ou à cinq rouleaux, aux graphismes souvent extravagants. Mais pas de bandits manchots à l'horizon. Or, elle y tenait, Léopoldine, à ses bandits manchots. Elle les voulait tels que son neveu Constantin les lui avait montrés dans un album de *Lucky Luke*, précisément intitulé *Le bandit manchot*. Elle avait fini par en apercevoir, relégués au fond de la salle. Bien sûr, les rouleaux mécaniques avaient cédé la place à l'électronique, et ils avaient l'air bien trop rutilants pour avoir connu Lucky Luke. Mais ils feraient l'affaire.

Après s'être fait expliquer le maniement des instruments, elle s'était mise à l'ouvrage. Trois fois, elle avait abaissé le levier. Il n'y avait pas eu de quatrième fois : une musiquette avait retenti. Elle s'attendait à une avalanche de pièces. Mais non : le tableau lui indiquait simplement qu'elle avait gagné deux cent trente-cinq euros.

Avant de partir, Léopoldine s'était fait deux promesses : ne pas miser plus de deux cents euros (d'ailleurs, par mesure de prudence, elle avait laissé sa Carte Bleue à la maison) et s'arrêter de jouer au premier gain. Fidèle à sa promesse, elle s'était donc levée. Une jeune fille vêtue de noir s'était approchée :

— Félicitations. Puis-je vous offrir quelque chose à boire ? Une tisane ? Un lait fraise ? Un jus de pomme ?

Léopoldine avait dardé un œil outré sur son interlocutrice.

— Un marc de gewürtz.

— Un petit marc de gewürtz ? avait réussi à articuler, toujours stylée, mais quelque peu interloquée, la jeune personne à laquelle on n'avait visiblement jamais fait une telle demande. Je vais voir s'il nous en reste.

Léopoldine, intraitable :

— Petit ? Pourquoi petit ?

Lestée de son marc – évidemment moins bon que le sien propre, mais elle avait été sensible à l'intention – et d'une très belle carte VIP qui lui permettrait désormais d'entrer au casino escortée par les sourires du personnel, Léopoldine s'en était retournée à Oberwihrheim, très satisfaite de sa soirée.

Depuis cette triomphale première, elle venait régulièrement affronter son bandit manchot, toujours le même. Voici quatre ans que deux ou trois fois par mois, ils se mesuraient. De ce duel, Léopoldine, bousculant toutes les statistiques, sortait vainqueur haut la main : au 15 avril 2018, ses gains se montaient à deux mille deux cent quatre-vingt-cinq euros. Une fois même, elle avait emporté le jackpot : mille trois cents euros. Désormais, quand elle apparaissait dans la salle de jeu, elle était accueillie par le sourire que l'on réservait aux habitués et elle ne repartait jamais sans son marc de gewürtz : le bar avait même fait l'acquisition d'une nouvelle bouteille chez le fournisseur attitré de Léopoldine, Joseph Nusbaumer, à Steige.

Ce 15 avril, donc, Léopoldine fonçait en zigzaguant à quarante-cinq kilomètres-heure vers son lieu de perdition favori. Sans vraiment croire aux signes – encore que –, Léopoldine savait que ce jour-là, elle ne pouvait pas perdre : de même que la corde d'un pendu porte bonheur à celui qui la détient, elle voulait se persuader que sa découverte du corps de Weberlé allait lui être bénéfique dans son affrontement avec son adversaire de prédilection. C'est donc d'un pas conquérant qu'elle entra dans la salle de jeux. Une demi-heure plus tard, son billet de deux cents euros s'était envolé. Mais ce jour-là, elle se parjura : elle n'avait pas laissé sa Carte Bleue à la maison et elle rejoua, rejoua encore. Jusqu'à perdre cinq cents euros. Lorsqu'enfin, elle quitta le casino, elle redemanda un deuxième verre de marc de gewürtz qu'on lui accorda volontiers.

Dépitée, mais pas vaincue – elle comptait bien prendre sa revanche dès la semaine suivante –, Léopoldine reprit le chemin de sa petite maison d'Oberwihrheim où l'attendait Waldo. Depuis que sa mère était partie terroriser les vieillards de la Sainte-Famille et qu'elle se retrouvait seule, elle avait conclu un accord avec les parents du gamin qui, travaillant tous deux à Colmar, rentraient tard le soir. Plusieurs fois par semaine, elle l'accueillait chez elle après l'école – ou plutôt après qu'il avait fini de caracoler sur son BMX ou jouer au foot avec les petits copains –, l'autorisait à jouer sur son ordinateur, lui faisait souvent à dîner, et parfois même, certains soirs de gala, le conviait à une séance télé, après quoi il dormait chez elle. Et ce soir, précisément, il y avait un certain Strasbourg-Saint-Étienne qui promettait beaucoup.

Car Léopoldine était une fan de foot. Et ça ne datait pas d'hier. On l'eût beaucoup étonnée en lui suggérant qu'il y avait peut-être un lien de cause à effet entre son premier, unique et décevant amour, quelque quarante années plus tôt, et son actuelle passion pour le football. Car le garçon qui l'avait séduite et qui lui avait ensuite préféré une quelconque péronnelle au postérieur aguichant et au poitrail opulent était footballeur de son état. Stagiaire au Racing Club de Strasbourg en 1979, alors entraîné par Gilbert Gress, titulaire d'une chevelure abondante et savamment ondulée encadrant un visage de chérubin, il avait été surnommé « l'ange de la Meinau » comme son entraîneur quelques années plus tôt. Parmi ses adoratrices du moment, il avait privilégié Léopoldine, bouche en cœur, boucles blondes et yeux pervenche. Elle l'accompagnait au stade, vitupérait contre l'arbitre lorsqu'il sifflait faute contre lui, lavait ses chaussettes, vissait ses crampons, cirait ses chaussures et le consolait lorsqu'après un match perdu il gardait les yeux dans le vague. Bref, elle s'était comportée en groupie exemplaire et en amoureuse attentionnée. Mais cela n'avait duré qu'un moment. Aussi peu assidu à l'entraînement qu'amateur invétéré de canettes de bière et de troisièmes mi-temps imbibées, bien imbibées, trop imbibées, son footballeur préféré avait, dans un premier temps, été cantonné dans le rôle de remplaçant, puis avait fini par ne plus figurer sur la feuille de match. Si bien qu'un jour, il avait été convoqué par Gress qui lui avait signifié que le Racing Strasbourg se passerait désormais de ses dribbles Kronenbourg : il y avait un ange de trop à la Meinau.

Léopoldine, éperdue, avait tout tenté pour le ramener au football et lui faire abandonner la dive bouteille. Il l'avait toisée, traitée de petite conne et était parti au bras de sa nouvelle conquête, une punkette à crête de coq, répondant au doux nom d'Elzevira. On ne l'avait plus jamais revu sur un terrain de football. Ni ailleurs. Son nom avait vaguement été évoqué par les gazettes quelques années plus tard lors d'une sombre affaire de hold-up raté, du côté de Stuttgart. Puis l'anonymat l'avait englouti.

Aujourd'hui, la bouche en cœur de Léopoldine s'était quelque peu affaissée, ses boucles blondes avaient grisonné, et ses yeux pervenche, perdu de leur éclat. Mais c'était néanmoins une pimpante presque-sexagénaire qui prenait toujours grand plaisir à voir des jeunes gens tricoter des gambettes en tapant dans la baballe pour essayer de la catapulter dans les filets.

Sigmund Freud ne figurait pas parmi ses auteurs favoris. Aussi était-il inutile de lui suggérer que ses malheureuses aventures amoureuses d'antan n'étaient peut-être pas complètement étrangères avec sa passion actuelle pour le ballon rond. Et surtout pour le Racing

Club de Strasbourg qui venait de retrouver sa place en première division. Allez, Racing !

— Mais dis donc, garnement, tu m'as raconté des histoires. Y a pas Strasbourg-Saint Étienne sur Canal + ce soir.

— T'occupe, Léopoldine. On va voir le match en streaming.

— En quoi ?

— T'occupe. C'est tout bon.

— Ah, bien. Si tu le dis...

Plus tard :

— Eh, Léopoldine ?

— Oh là là, t'as vu ? Il a failli marquer... C'est quoi ta question ?

— La maîtresse, elle nous a dit que nos ancêtres étaient gaulois.

— Elle a raison. Mais pas que... Non, mais t'as vu cette feinte de corps ?

— Les Gaulois, c'était des Blancs, non ?

— Ben oui. Ce n'étaient pas des Chinois. Mais fais la passe, tu vois bien que Bahoken est démarqué !

— Alors, pourquoi y a tant de blacks dans l'équipe du Racing ? C'est des Gaulois, aussi ?

— Euh... Ça y est ! Saint-Étienne a marqué. On va encore perdre !

— Bon, genre tu sais pas. Je demanderai à la maîtresse.

— Dis donc, Waldo, tu t'intéresses au jeu ou quoi ? Sinon, tu peux faire tes devoirs.

— J'ai pas de devoirs.

— Alors, laisse-moi regarder le match tranquillement.

Une heure plus tard, Strasbourg avait encaissé une nouvelle défaite et se repositionnait dans le bas de tableau, pas très loin de la zone de relégation.

— Tu dors ici, Waldo, ce soir ?

— Ben oui.

— Alors, va prendre ta douche. Et après, on va parler.

— Des blacks de Strasbourg ?

— Non. De ce que t'as vu chez Weberlé.

# 6

— Dites-moi, monsieur le sous-officier, vous êtes libre ce soir ? Venez donc dîner à la maison. Je vous ferai du poulet au citron. Nous ne serons que tous les deux.

Schmitterlin considéra Léopoldine avec un mélange de soupçon et d'effarement. Comment ? Cette vieille toupie qui avait osé le traiter d'inspecteur alors qu'il était gendarme, *nunndabuckel*, qui l'avait pris de haut alors qu'il faisait son boulot d'enquêteur, et qui l'avait planté là pour aller à la poste, voilà qu'elle l'invitait à dîner ! Et pourquoi donc ? je vous le demande. Elle n'espérait tout de même pas que...

— Et mettez votre bel uniforme de gendarme. Pour manger du poulet, il faut bien ça. D'autant que ce ne sera pas tout...

Ben, si, voilà qu'elle insistait.

— Vous inquiétez pas, je ne vais pas essayer de vous séduire. Vous imaginez un beau garçon comme vous avec un vieux sac de noix comme moi ? Non, j'ai une autre proposition intéressante à vous faire, bel hidalgo.

— Mon nom, c'est Schmitterlin, Gérard Schmitterlin. Pas Béli Dalgo. C'est quoi votre proposition ?

— Je vous le dirai ce soir. Vous verrez, vous ne serez pas déçu. Et puis, je peux bien vous le dire, il y aura des choux à la crème en dessert. Je crois que vous aimez ça...

La passion de Schmitterlin pour les choux à la crème était connue à des lieues à la ronde. Les deux pâtisseries d'Oberwihrheim avaient cessé depuis longtemps d'en confectionner, faute de clientèle : profiteroles, chouquettes, éclairs se partageaient désormais la faveur des consommateurs qui en avaient oublié les choux à la crème d'antan à la pâte aérée et légère enveloppant l'onctueuse crème pâtissière. Qui donc mange aujourd'hui encore des choux à la crème ? Eh bien, Schmitterlin, précisément, gavé de choux par sa maman quand il était petit et qui en gardait un souvenir émerveillé. Depuis, chaque dimanche matin, il voguait dans les pâtisseries alentour à la recherche de sa friandise dominicale. Et lorsqu'il revenait les mains vides de sa tournée, il se trouvait toujours quelque plaisantin pour s'exclamer : « Alors, Schmitterlin, t'as fait chou blanc ? » Il avait mis un certain temps à comprendre.

Ce dimanche, précisément, il était revenu bredouille, ayant été obligé de terminer sa tournée assez tôt. Des quatre paroisses dont s'occupait le curé Brumm, c'était Oberwihrheim qui avait hérité ce jour-là de la grand-messe, et Schmitterlin se faisait un devoir d'être présent dès que les cloches annonçaient l'office. Non pas en tant que fidèle : depuis que le curé l'avait jadis chassé du catéchisme pour cause de « gribouillis pornographiques », il avait cessé tout commerce avec le bon Dieu. Non, si Schmitterlin se faisait une obligation d'être là, c'était « à cause des terroristes ».

— Vous comprenez, avait-il expliqué à l'adjudant Ledoux, depuis l'attentat contre Charlie, celui du Bataclan et l'assassinat du curé Hamel dans son église, ils peuvent frapper partout où il y a du monde. Et du monde, il y en a, à l'église d'Oberwihrheim, le dimanche.

L'adjudant s'était gratté la tête : difficile de contrarier l'initiative de Schmitterlin, même si elle ne lui paraissait pas convaincante.

— D'accord, mais ce sera en plus de vos heures de service.

Depuis, un dimanche sur quatre, il paradait devant l'église, scrutant les faciès, prêt à dégainer comme Clint Eastwood dans *Pour une poignée de dollars*. Au début, les fidèles s'en étaient étonnés, voire inquiétés. Maintenant, ils s'en amusaient. Certains même arrivaient à se sentir plus rassurés, ignorant que Schmitterlin, au cours des exercices de tir à la gendarmerie, mettait plus volontiers ses balles dans les arbres alentour que dans la cible. Un jour, il avait même réussi à crever le pneu d'une voiture qui s'était aventurée sur la route voisine, à une centaine de mètres. L'adjudant avait exempté à vie le brigadier d'exercices de tir et dédommagé le propriétaire de la voiture en piochant dans la caisse noire de la gendarmerie ; l'incident avait été qualifié de « dommage collatéral » et le commandant avait froncé les sourcils et classé l'affaire.

Et puis, il faut bien le dire : Schmitterlin avait l'ambition de devenir brigadier-chef. Il espérait bien que sa bonne volonté lui vaudrait l'estime et la reconnaissance de ses supérieurs, sanctionnées par un chevron de plus sur ses épaulettes. Brigadier-chef : le couronnement de son existence !

C'était bien ce qu'avait également deviné Léopoldine avant de l'aborder à la sortie de la messe pour lui faire sa proposition. L'idée lui en était venue juste à l'*Ite missa est* et, à vrai dire, elle n'avait pas eu le temps de la peaufiner.

Déjà, elle se demandait quelle mouche l'avait piquée en parlant de poulet au citron, alors que ses talents de cuisinière lui permettaient tout juste, les jours fastes, de ne pas rater la cuisson des œufs à la coque. Et quand, visitée par l'inspiration, elle s'était mise à promettre au brigadier des choux à la crème, elle eût tout aussi bien fait de lui proposer une croisière sur Mars. Il faut croire que Léopoldine, malgré son ignorance des thèses freudiennes, avait un inconscient : il lui avait sans doute soufflé que Gégé, l'épouse de Marius Gruber, ne refuserait pas de venir lui donner un coup de main en cuisine. Et Gégé aux fourneaux, ça valait bien une étoile au Michelin.

*Elle me préparera cet après-midi les choux à la crème, me fera cuire le poulet au citron que je n'aurai plus qu'à réchauffer ce soir. Pas la peine de lui dire que j'invite Schmitterlin...*

Lequel Schmitterlin, présentement, reprenait pour la troisième fois du poulet, et, la bouche pleine, cherchait ses mots pour élaborer un compliment qui fût digne de l'excellence des mets :

— Ça, pour du poulet, c'est du poulet. Du poulet comme ça, j'en ai rarement mangé, *nunndabuckel.* Ah ! il est bon ce poulet. C'est un très bon poulet !

Pour un peu, Léopoldine, aux anges, se serait vraiment crue destinataire des compliments sommaires mais enthousiastes du gendarme. Elle se reprit :

— Et maintenant, parlons un peu de nos affaires.

— Les choux à la crème ?

— Finissez d'abord votre poulet. Après, vous reprendrez un peu de ce pinot gris « vendanges tardives » avec un munster au cumin. Et j'espère que vous aurez encore un peu de place pour le dessert. Non, je veux parler de nos autres affaires...

Le front de Schmitterlin se barra d'un pli d'incompréhension :

— Les affaires ?

— Oui, nos petites affaires, brigadier Schmitterlin. *Tu crois vraiment que je t'ai invité juste pour te voir boire la bouteille de vendanges tardives que je réservais pour les grandes occasions, et te goinfrer de poulet et de choux, mon gros ?*

— Je crois que ça vous plairait d'être nommé brigadier-chef, non ?

— Mande pardon ?

— Brigadier-chef, vous savez, le chevron sur les épaulettes ?

Éperdu, Schmitterlin ne comprenait pas. Où donc Léopoldine voulait-elle en venir ? Quel rapport entre les choux à la crème et le chevron de brigadier-chef ? Bien sûr qu'il rêvait de devenir brigadier-chef. Sa réponse fut à la hauteur de sa perplexité :

— Hon.

— Bien. Vous savez sans doute que Germaine Gruber est ma meilleure amie ?

— Hon.

— Et que Germaine est la femme du maire ?

— Hon.

— Et que le maire est très ami avec le grand patron de la gendarmerie, le commandant Schlumpf ?

La petite ampoule au tréfonds du cerveau de Schmitterlin se mit à vaciller d'une faible lueur :

— Hon ?

— C'est ça. Saucez bien avec votre pain. C'est ce qu'il y a de meilleur. Eh bien, supposez que je demande à Germaine Gruber de parler à son mari pour qu'il suggère au commandant Schlumpf de vous nommer brigadier-chef, bientôt ?

— Hmpffff...

Schmitterlin venait de manquer de s'étouffer avec le gros morceau de pain saucé. Léopoldine se précipita pour lui taper dans le dos.

— Bien entendu, brigadier, je ne vais pas faire ça uniquement pour vos beaux yeux.

— Hon ?

— Eh bien, oui. Vous menez l'enquête sur la mort de Weberlé, n'est-ce pas ?

Même pour Schmitterlin, le morceau était trop gros. Il se crut obligé de rectifier :

— C'est-à-dire... C'est l'adjudant qui mène l'enquête. Moi, je suis son adjoint... enfin, je suis sous ses ordres.

— C'est tout comme. Vous savez tout de l'enquête. Vous connaissez le résultat des expertises, recueillez les témoignages...

— Hon.

— Et vous serez sans doute bientôt nommé brigadier-chef... si vous venez me raconter tout ça.

— Vous n'avez qu'à venir aux points-presse de l'adjudant. On vous fera une petite place.

Léopoldine eut un petit ricanement méprisant :

— Les points-presse ! Avec tous ces lourdauds de journalistes ! Alors que si vous veniez me dire tout ça au fur et à mesure...

— C'est que... j'sais pas si l'adjudant voudra.

— Ah ! je vois que vous avez fini le munster. Encore un coup de vendanges tardives ?

Schmitterlin considéra la bouteilles déjà à moitié vide et décida qu'il pouvait s'accorder un petit supplément. C'est au moment où il tendait son verre qu'un gros matou fit irruption dans la pièce, s'immobilisa et regarda fixement le gendarme qui suspendit son geste :

— Tiens, vous avez un chat ?

— C'était le chat de Weberlé. Quand je suis rentrée chez moi, le jour où je l'ai trouvé dans le confessionnal, il m'attendait devant ma porte. Depuis, il habite ici. Bizarre, non ? Vous croyez aux signes, monsieur le sous-officier ?

— Euh…

— Il espère sans doute que vous trouverez le meurtrier. C'est pour cela qu'il vous fixe. Moi, il ne m'a jamais regardé comme ça. Mais buvez donc ! Et puis tenez, voici les choux à la crème.

Les yeux de Schmitterlin sortirent de leurs orbites :

— Mmm. Ils ont l'air fameux... Je peux ?

— Bien sûr. Je les ai faits rien que pour vous ! Vous savez, ce sera notre petit secret à nous deux.

— Bien sûr, bien sûr. Ouh là là, qu'est-ce qu'ils sont bons. Ils sont vraiment très bons. Aussi bons que ceux de maman ! Mais je sais pas si j'ai vraiment le droit de faire ce que vous me demandez.

— Mais si, mais si, vous avez le droit. Et puis, je saurai juste un peu avant ce que les journalistes sauront juste un peu après. Allez, encore un chou !

— Ouais, mais...

Léopoldine décida de porter l'estocade :

— Et quand vous viendrez me raconter où en est l'enquête, je vous aurai préparé des choux à la crème. Rien que pour vous.

— Le chat ! s'exclama Schmitterlin.

— Quoi, le chat ?

— Il m'a fait un clin d'oeil !

Léopoldine avait déjà pu constater ce tic, sans doute dû à une malformation de la paupière du chat. L'inspiration, une nouvelle fois, la visita :

— Ah oui ? C'est qu'il a confiance en vous. Vous savez comment il s'appelle ? Valafar, comme le sixième démon. Et vous savez quoi ? Il connaît le passé et l'avenir. Le clin d'oeil, c'est pour vous dire qu'il sait que vous allez passer brigadier-chef si vous faites ce que je vous demande.

— Ah bon ?

— C'est certain.

Léopoldine, décidément, ne pouvait pas en faire plus.

# 7

Sur nombre de ses concitoyens, Évariste avait des jugements définitifs. À qui savait le pousser dans ses retranchements, il avouait volontiers qu'il tenait Weberlé pour une prétentieuse fripouille, Gruber, son supérieur hiérarchique, pour une outre pontifiante, et Léopoldine pour une vieille bigote un peu folle. Il s'était récemment découvert une nouvelle tête de Turc en la personne de l'adjudant Ledoux qu'il trouvait « nul ». Enfin, il se joignait à la vox populi pour qualifier Schmitterlin d'andouille. Concernant sa propre personne, il avait des trésors d'indulgence, tirant gloire tout à la fois de son physique d'étalon bodybuildé, de son titre de secrétaire de mairie d'Oberwihrheim, de responsable des services techniques, avec grade d'attaché territorial, s'il vous plaît, et de ses fonctions de correspondant local des *Dernières Nouvelles d'Alsace*, *Les Déennes* (*DN*) en langue vernaculaire. Ça vous posait son homme.

De fait, Évariste envisageait la quasi-totalité des habitants d'Oberwihrheim avec une condescendance certaine, parfois teintée d'une pointe de mépris. En toutes matières, il avait des vues qu'il croyait personnelles et qui n'étaient que le reflet des opinions puisées sur Internet aux meilleures sources complotistes et conspirationnistes qui lui permettaient de réfuter avec assurance les arguments plus conventionnels de ses interlocuteurs habituels, les piliers de *wistub*[1]. Bref, c'était un fort en gueule.

Évariste, cependant, portait sa croix : il souffrait en silence de s'appeler Hittler, comme le plus mauvais des peintres autrichiens, avec un petit « t » en plus. Il avait une certaine difficulté à s'en accommoder depuis que, sur les bancs de l'école, ses copains l'avaient baptisé Adolf. Il s'était en outre découvert depuis peu un nouveau motif d'insatisfaction : un plumitif envoyé par la rédaction de Colmar prétendait écrire à sa place les articles concernant le meurtre de Weberlé en utilisant les informations que lui, Évariste Hittler, lui fournirait. C'était à n'y pas croire !

Sept jours déjà que l'âme de Weberlé avait quitté les vertes collines vosgiennes. Comme une volée d'étourneaux, les envoyés spéciaux de la presse nationale avaient fondu sur Oberwihrheim. Le procureur de la République de Colmar les avait tout d'abord appâtés en leur laissant entendre que l'enquête progressait à pas de géant, cependant que l'adjudant Ledoux prenait des airs mystérieux pour entretenir l'illusion : pour l'instant, il ne disposait que d'un seul élément nouveau, l'heure du décès fixée à vingt-trois

1. Bar-restaurant à vin typique de l'Alsace.

heures dix, plus ou moins dix minutes. La cause de la mort était auréolée d'un certain flou sur le rapport du légiste : coup mortel porté par objet contondant. Sans précision aucune sur l'objet en question : massue ? manche de pioche ? branche d'arbre ? Quant au mobile du meurtre et à l'identité du meurtrier, ils restaient à l'état de nébuleuse chez les fins limiers qui menaient l'enquête.

Faute d'éléments concrets, certains reporters avaient tout d'abord concentré leurs investigations sur les deux *wistub* locales, La Taverne alsacienne et Le Joyeux Vigneron dont ils s'étaient employés, à la satisfaction des tenanciers, à vider la cave et à remplir le tiroir-caisse. Mais déjà, incapables de proposer des titres vendeurs pour l'édition du lendemain, les journalistes de *Libération*, du *Parisien* et du *Figaro* avaient déserté Oberwihrheim. Pour sa part, la « cellule investigation » de France Info, faute de délateurs pour nourrir la cellule, n'investiguait plus. Ces aigles de l'information avaient laissé à l'envoyé de l'agence France-Presse et aux reporters locaux le soin de distiller au compte-gouttes les maigres éléments dont ils disposaient. Outre ces derniers ne restaient désormais sur place que les plus exemplaires journalistes de caniveau, écouteurs aux portes, ramasseurs de ragots et autres violeurs de correspondance, dont les fulgurances, reprises en globish et en novlangue sur Internet, constellées, comme le veut l'usage, d'un nombre suffisant d'anglicismes, de contresens et de barbarismes, témoignaient de leur fiévreuse imagination. Ainsi, les lecteurs de *Voilà* avaient-ils pu apprendre que *Weberlé, le boss du vignoble alsacien, aurait été victime de la mafia vitticole* (avec deux « t »). Quant à ceux de *France Détective*, ils étaient invités à se demander si l'adjudant Ledoux était bien *sur la piste d'un tueur à gage* (un seul gage ; pas cher payé) *venu de Tchétchénie ?* L'emploi du conditionnel et le point d'interrogation final que ces sycophantes maniaient avec virtuosité leur permettraient, toute honte bue, de trouver de nouvelles plates-bandes à piétiner lorsque leurs conjectures auraient volé en éclats.

L'on voyait aussi déambuler depuis deux jours dans les rues d'Oberwihrheim un personnage tout de noir vêtu, tenant entre le pouce et l'index un pendule qui oscillait à intervalles irréguliers sans que l'on sache quel était l'objet de ses recherches : l'arme du crime, le criminel ou un quelconque point d'eau ? Aux questions, il ne répondait que par un rictus qui étirait sa maigre face blafarde et poursuivait sa marche silencieuse. Jusqu'à ce que son pendule lui désignât, tout comme celui du professeur Tournesol, la direction « un peu plus à l'ouest », autrement dit celle de La Taverne alsacienne, à l'intérieur de laquelle une bouteille de riesling l'attendait, qui lui permettait de faire le plein d'énergie indispensable à la poursuite de sa quête. C'est là également qu'il retrouvait le journaliste de *France Détective*, avec lequel il tenait de longs conciliabules dont la teneur, sans nul doute, ferait les délices des futurs lecteurs. Et lorsque, après avoir fait le plein de riesling, il reprenait ses déambulations solitaires, les bonnes âmes d'Oberwihrheim mettaient sa démarche ondoyante sur le compte d'un pendule particulièrement hésitant. Évariste Hittler, outré de n'être plus que le porte-coton de Jérémie Mathieu, le journaliste des *DN*, avait donc commencé par bouder. Puis, s'étant avisé qu'*Histoires vraies*, son magazine favori, n'avait pas de représentant à Oberwihrheim, il avait empoigné son téléphone et réussi à joindre le rédacteur en chef, lequel, dans un moment de faiblesse, s'était laissé persuader que lui, Évariste Hittler, en connaissait « de sévères et de croustillantes » sur la mort de Weberlé. Il lui avait commandé un article. Ce matin même, Évariste avait donc pu lire sa prose, certes remaniée, mais sous le titre qu'il avait lui-même proposé, et qui s'étalait fièrement sur cinq colonnes : « Les mystérieuses tribulations nocturnes de Joseph Weberlé ». Il était particulièrement satisfait de l'emploi du mot « tribulations » : une trouvaille d'une grande finesse ! Ce n'était qu'au moment de choisir son pseudo qu'il avait eu quelques hésitations. Il ne pouvait, bien sûr, pas garder son vrai nom. D'abord, parce qu'il l'avait en horreur. Ensuite, à cause des représailles possibles des *Dernières Nouvelles*. Il avait donc choisi de signer « Richard Heydrich ». Ça sonnait bien. Et ça révélait, subsidiairement, que ni le rédacteur en chef d'*Histoires vraies* ni Évariste Hittler ne connaissaient l'histoire du III^e^ Reich par le menu.

— T'as vu, *schatzala*[1], l'article sur le meurtre de Weberlé dans *Histoires vraies* ?

1. Terme d'affection signifiant « petit trésor ».

*Schatzala*, plus connue sous le nom de Marie Morris, directrice de l'école primaire d'Oberwihrheim de son état, était l'épouse d'Évariste. Séduite, une dizaine d'années plus tôt, par la faconde et le physique avantageux de ce bellâtre campagnard, elle s'était laissé entraîner jusqu'à la mairie où elle avait prononcé le oui de circonstance sans pour autant adopter le patronyme de son nouvel époux. Elle lui avait même suggéré d'en changer pour prendre le sien propre, Morris, plus seyant et moins lourd à porter. Mais tout empêtré qu'il fût par cette encombrante homophonie, Évariste Hittler, phallocrate assumé, avait refusé avec hauteur.

Brinquebalant dès le jour des noces, le couple n'avait pas tardé à se disloquer tant il était mal apparié. Seule la position horizontale le maintenait encore à flot : Évariste était un fier étalon et Marie avait grand appétit aux jeux de l'amour. Pour le reste, chacun menait sa vie propre, sans animosité particulière envers son conjoint. Marie consacrait l'essentiel de son temps à l'instruction et à l'éducation des enfants de l'école, et Évariste se partageait entre mairie et *wistub*, avec quelques échappées qui fleuraient bon l'adultère. C'était d'ailleurs plus par convention que par conviction qu'il appelait encore son épouse s*chatzala*. Marie ne s'en formalisait pas. Moins soucieuse de respecter les convenances, elle répondait généralement au *schatzala* par un « grand couillon ». C'est donc sans aucune intention malveillante qu'elle répondit à l'interrogation de son mari :

— Oui, j'ai lu l'article de ce journal que tu laisses traîner, grand couillon. C'est signé d'un certain Richard Heydrich qui ne manque pas d'imagination d'ailleurs, même s'il a l'air de savoir des choses…

— Bien sûr qu'il en sait, des choses. Heydrich, c'est moi !

Marie, interloquée, considéra son mari d'un œil rond et resta sans voix durant plusieurs secondes. Une convulsion la saisit alors : c'était un spectacle plaisant de voir cette piquante petite brune secouée d'un rire qu'elle ne parvenait pas à maîtriser. Évariste, cependant, ne l'entendait pas ainsi. Qu'elle n'apprécie pas ses talents journalistiques, soit, mais qu'au moins, elle ne se moque pas !

— On peut savoir pourquoi tu rigoles ?

Fanny parvint à reprendre son souffle :

— Toi, Hittler, prendre Heydrich comme pseudo ! Mais t'as perdu la tête ?

— Pourquoi, c'est pas bien, Heydrich ?

Pour le coup, Marie cessa tout à fait de rire.

— Je vois qu'il faut que je t'explique. On ne t'a pas appris à l'école que Reinhard Heydrich, pas Richard, mais c'est tout comme, avait été l'un des adjoints d'Hitler, l'un des pires nazis, organisateur de la Shoah ?

La minute qui suivit fut particulièrement éprouvante pour Évariste. Entre confusion et honte, réminiscences scolaires et stupeur, il perdit soudain une bonne part de la considération qu'il éprouvait pour sa propre personne. Comment avait-il pu ?... C'est en balbutiant qu'il reprit la parole :

— Oh ! t'as raison, *schatzala*. Bien sûr, Heydrich, je me souviens maintenant. Le second de Himmler, je crois. Il ne faut pas que l'on sache que je suis l'auteur de cet article. Tu ne diras rien, *schatzala* ? Dis-moi que tu ne diras rien.

— Mais non, grand couillon, je ne dirai rien. Mais dis-moi, t'as l'air quand même bien renseigné. C'est vrai que Weberlé se promenait souvent la nuit dans le village ? Et tu sais pourquoi ?

— Non, pas vraiment. Je ne sais pas grand-chose de plus que ce que j'ai écrit. En sortant de la *wistub*, je l'ai aperçu à plusieurs reprises. Il cherchait à se cacher, je ne sais pas pourquoi. Je l'ai même vu le soir du meurtre. Il rasait les murs près de chez nous...

Quant à Marie, elle savait bien pourquoi Weberlé se cachait, et sa question était loin d'être désintéressée. Quelques semaines plus tôt, alors que son époux était parti boire, jouer à la *tertala*[1] et pérorer au Joyeux Vigneron, elle avait aperçu, en fermant les persiennes de sa chambre, une tête qui dépassait du mur du cimetière, juste à côté du jardin de Constantin Fuchs. Elle s'en était amusée :

— Tiens, voilà Constantin qui joue les voyeurs. Ça ne lui ressemble pas, pourtant.

Elle n'y pensait déjà plus, ayant refermé les persiennes et éteint la lumière, lorsque, quelques minutes plus tard, prise d'une curiosité subite, elle avait regardé à travers la jalousie et s'était aperçue que la tête était toujours là. Mais c'était une grosse

1. Jeu de cartes très proche de la belote.

tête ronde qui ne pouvait être celle de Constantin. Ce soir-là, la lune était presque pleine, et elle avait reconnu alors les traits de son voyeur : c'était Joseph Weberlé !

Marie avait commencé par s'indigner et pousser les hauts cris. Au figuré, s'entend, et sans qu'aucun son sorte de sa bouche. Le vieux cochon ! Ayant ainsi satisfait aux obligations de la morale publique, elle s'était avisée que la présence de ce curieux libidineux n'éveillait en elle aucun sentiment de réprobation, ni même de gêne. Elle avait ressenti même comme un frétillement de plaisir courir le long de sa colonne vertébrale. Mais comme elle baignait depuis l'enfance dans les sentencieux dictons moralisateurs de l'Éducation nationale – son père et sa mère avaient également été instituteurs –, elle avait éprouvé le besoin de combattre la morale officielle par sa logique propre : en se cachant pour épier des femmes, Joseph Weberlé ne faisait de tort à quiconque. Et en lui montrant son corps dénudé, Marie non plus ne léserait personne.

Forte de ce raisonnement qu'elle trouvait parfaitement cartésien, et titillée par le frétillement qui se faisait de plus en plus insistant, Marie avait entrouvert les persiennes, fait de la lumière et, se plaçant dans l'angle de vision de son spectateur privilégié, elle avait entrepris de se déshabiller. Non comme une strip-teaseuse qui, se sachant regardée, multiplie les gestes lascifs, mais comme une simple ménagère. Enlevant un à un ses vêtements qu'elle pliait soigneusement, agissant comme à l'accoutumée, elle s'était bientôt retrouvée en petite culotte. Et comme à l'accoutumée, elle avait fait un tour complet devant son miroir, constatant une fois de plus que si elle était légèrement dodue, elle n'avait pas à rougir de courbes qui respectaient les canons en vigueur. En même temps, les pensées se bousculaient dans son esprit : *Mais je suis complètement folle... Il ne faut pas que l'autre là-bas sache que je sais... C'est étrange, ce plaisir que je ressens à m'exhiber ainsi... Est-ce que toutes les femmes sont pareilles ou suis-je particulièrement perverse ? Je ne suis pourtant pas nymphomane... Je suis peut-être en train d'assouvir un vieux phantasme... Ah ! si mes élèves me voyaient ainsi...*

Malgré le rouge de la honte qui lui montait au front et qui ajoutait à sa poussée de fièvre exhibitionniste, de plus en plus émoustillée, Marie avait osé le geste canaille suprême : elle avait retiré lentement sa culotte, dévoilant un arrondi fessier presque parfait. En même temps, pour se motiver, paraphrasant Brassens dont elle était l'une des dévotes, elle s'était mise à fredonner : « Au temps où les faux culs sont la majorité, gloire à celui qui dit toute la vérité. » Le bruit d'une clef dans la serrure de la porte d'entrée avait mis fin à cette envolée poétique. C'était Évariste qui rentrait de sa tournée en sifflotant *Les cigognes sont de retour* : le lecteur pourra constater que les goûts musicaux des deux époux différaient sensiblement. Marie, encore tout échauffée par son exhibition, s'était précipitée sur l'interrupteur, avait éteint et plongé dans le lit.

Cette mémorable saynète s'était reproduite trois fois depuis. Et la dernière, étrangement, la veille de la découverte du corps de Weberlé dans le confessionnal. *Bizarre*, se disait Marie...

# 8

L'adjudant Ledoux considéra avec accablement les quelques journalistes qui lui faisaient face : c'était ça, la fine fleur de la presse ? Les reporters, de leur côté, n'espéraient pas grand-chose de ce point-presse avec le gendarme, et l'un d'entre eux réprimait déjà un bâillement. Dans la salle de la mairie mise à sa disposition par le maire, Ledoux faisait son point quotidien. Morne routine qui consistait essentiellement, pour le premier, à dissimuler le fait que l'enquête avait une fâcheuse propension à s'enliser, pour les seconds, à espérer vainement qu'à leurs questions parfois oiseuses ils obtiendraient des réponses roboratives.

Aujourd'hui, pourtant, l'adjudant, flanqué de Schmitterlin qui reluisait comme une boule de billard, avait une nouvelle à annoncer. Sous une forme négative, certes, et qui clôturait définitivement la seule piste sérieuse sur laquelle il s'était engagé, mais c'était un os qu'il jetait à la meute.

— Messieurs les journalistes, vous savez sans

doute, et certains d'entre vous en ont d'ailleurs parlé dans leur organe de presse, que Joseph Weberlé avait eu une querelle la veille de sa mort avec un individu.

— Tu parles d'un individu, c'était l'acheteur d'une grande surface. Tout le monde le connaît. Chaque fois qu'ils se voyaient, ils s'engueulaient, jeta quelqu'un dans la salle.

Ignorant l'intervention, Ledoux poursuivit :

— Nous avons retrouvé cet individu dont certains d'entre vous faisaient déjà un suspect possible, et nous avons pu établir qu'il n'était pour rien dans la mort de Joseph Weberlé.

— Vous voulez dire qu'il a un alibi ?

— Appelez ça comme vous voulez. À l'heure présumée de la mort de monsieur Weberlé, il se trouvait en compagnie d'autres personnes à Colmar. Alors, pour ceux qui se sont lancés sur cette piste, il faudra en trouver une autre, ajouta-t-il avec une pointe de sarcasme.

Et comme il se sentait en verve, il poursuivit :

— Quant à ceux qui croiraient à l'existence d'une mafia viticole qui aurait fait abattre monsieur Weberlé ou d'un tueur à gages venu d'on ne sait où, il faudra également qu'ils revoient leur copie. L'assassin, homme ou femme, est vraisemblablement quelqu'un du village.

Brutalement conscient d'en avoir peut-être trop dit, et alors que les journalistes se regardaient étonnés et ravis – ils n'en espéraient pas tant –, Ledoux abrégea la séance :

— Pas de questions, messieurs ? Non ? Bon. À demain.

Tapie au fond de la salle (l'adjudant n'avait vu aucun inconvénient à ce qu'elle vienne assister à sa petite conférence et elle s'était mise à côté de Jérémie Mathieu, le journaliste des *DN* qui la connaissait bien), Léopoldine avait pu constater que Schmitterlin lui avait bien déjà tout raconté, sans rien omettre : il avait rempli sa part de marché et, en récompense, avait avalé sans respirer une demi-douzaine de choux à la crème. Il lui en avait même dit un peu plus.

Le plus difficile, dans l'histoire, avait été de trouver les choux. Pas question de mettre Germaine à contribution : il aurait fallu tout lui raconter. Léopoldine avait donc un instant envisagé d'en rechercher la recette et de se transformer en pâtissière émérite. Mais c'eût été pour elle un exploit aussi difficile à réaliser qu'un double saut périlleux arrière, elle en avait conscience. Elle s'était donc résolue à prendre sa petite voiture pour trouver un pâtissier et lui mettre le marché en main : lui fournir chaque semaine une vingtaine de choux à la crème contre monnaie sonnante et trébuchante. La mise de fonds n'était pas négligeable, mais les confidences de Schmitterlin avaient un prix. Pour que son petit commerce ne parvienne pas jusqu'aux oreilles de l'adjudant Ledoux, et parce qu'elle souhaitait que les choux fussent d'excellente qualité, elle avait cherché un fournisseur assez loin d'Oberwihrheim et de bonne réputation : son choix s'était porté sur la pâtisserie Grimmer à Wintzenheim. Et elle avait eu la main heureuse : les choux avaient été fortement appréciés par Schmitterlin.

Elle fut la dernière à quitter les lieux en compagnie de Jérémie Mathieu. Ce dernier songeait à l'« angle » de l'article qu'il allait rédiger quelques heures plus tard pour *Les Dernières Nouvelles.* Rien de ce qui avait été dit n'était nouveau pour lui. Il pensait plutôt à ce que l'adjudant avait tu : il s'était gaussé des élucubrations sur la mafia viticole et le tueur à gages venu de Tchétchénie, mais pas des tribulations nocturnes de Weberlé. Ces mêmes tribulations évoquées par *Histoires vraies* sous la plume d'un certain Heydrich et dont Hittler lui avait touché quelques mots.

Soudain, la lumière lui vint : la concomitance Heydrich-Hittler n'était pas fortuite ! C'était vraisemblablement le correspondant local dont il avait négligé les informations qui s'était répandu dans *Histoires vraies*. Il aurait peut-être dû prendre ce hâbleur d'Hittler plus au sérieux : si l'adjudant n'avait pas évoqué ces « tribulations », c'était intentionnel ; sans doute existaient-elles vraiment et n'étaient-elles pas sans rapport avec le meurtre. Il faudrait sans doute creuser de ce côté-là.

Creuser : c'était le lot quotidien de Jérémie depuis qu'il était entré aux *Dernières Nouvelles* deux ans plus tôt, dans des conditions abracadabrantesques. Son père, professeur de français au lycée Bartholdi de Colmar, avait décidé que son fils marcherait sur ses traces émérites, et Jérémie s'était plié à cet ukase sans trop rechigner : il n'avait pas l'âme rebelle. Après son bac littéraire, obtenu avec mention bien, il s'était inscrit à la fac de Strasbourg, section littérature française, où il se distinguait par une nonchalance certaine et un manque d'assiduité assumé.

Il envisageait donc sans enthousiasme un avenir besogneux dans la transmission des savoirs lorsqu'il rencontra, un soir, au Grincheux, le bar à bière de Strasbourg où il avait ses habitudes, un personnage qui aurait mérité de servir d'enseigne à l'estaminet. La barbe fleurie encadrant un visage dont l'ovale prenait ses aises du côté du menton et du cou, l'œil rond et fureteur derrière ses lunettes de professeur Tournesol, la bouche lippue, Onésime Igor Ouida, journaliste aux *DN* de Strasbourg où il exerçait conjointement les fonctions de critique musical et de reporter aux chiens écrasés, avait, ce soir-là, déjà éclusé deux « formidables », les pots d'un litre de Bendorf, le nec plus ultra des cervoises locales. Passablement imbibé, il avait entrepris de communiquer son trop-plein d'amour de l'humanité à qui voulait bien passer à portée de sa chope. Après avoir essuyé plusieurs rebuffades, il avait fini par trouver en Jérémie un interlocuteur qui consentît à l'écouter.

— Eh ! dis donc, t'as une bonne tête, mon p'tit gars. Mais t'as l'air triste. Faut te décoincer, mon vieux. Bois un coup avec moi. Tu sais que la bière, ça détend…

Amusé par la faconde et la trogne de son interlocuteur, Jérémie avait répliqué :

— D'accord pour boire un coup si c'est vous qui

régalez. Mais je n'ai jamais entendu dire que la bière, ça détendait.

— Ben, c'est que tu connais pas la lupi… la pilu… la lupuline. Hep ! patron, deux autres « formidables » pour moi et le p'tit gars. Alors, tu sais pas ce que c'est que la lupuline ? Eh ben, tu sais pas grand-chose. D'abord, tu fais quoi dans la vie ?

— Des études de littérature.

— Ben, ça n'a pas l'air de te réjouir. Mais un littéraire, ça devrait connaître la pulu…

— La lupuline ? Eh bien, non. Il doit y avoir des trous dans l'enseignement de la littérature française à la fac de Strasbourg. Dites-moi donc ce que c'est, vous, l'intellectuel biéromane.

— Eh, oh ! Pas d'injure, p'tit gars. J'suis biérophile, pas biéromane. Demain, j'serai sobre comme un chameau. J'vais te dire : la lupu… chose, c'est le plant femelle du houblon. Sans lupu… truc, la bière n'a pas d'amertume. Et puis, ça décontracte aussi. Regarde-moi, j'suis pas décontracté ?

— Euh…

— Oui, bon, j'suis un peu soûl, aussi. Tiens, voilà les deux « formidables » qui arrivent. Allez, bois un coup de pupuline… Et raconte-moi… T'es un littéraire, alors ? Tu vas faire quoi plus tard ?

— Mon père voudrait que je sois prof de français, comme lui.

— Dis donc, ça n'a pas l'air de te réjouir.

— Pas plus que ça. Et vous, vous faites quoi ?

— Moi, j'suis journaliste aux *DN*.

— Tiens, ça m'amuserait peut-être d'être journaliste. Mais il faudrait d'abord que je termine ma licence et que je passe ensuite le concours de l'école de journalisme de Strasbourg, le…

— Le CUEJ ? Oui, c'est pas mal. Tu y apprendrais des techniques. Mais si tu n'as pas la fibre journalistique, ça ne te servira pas à grand-chose.

Et Onésime Igor Ouida, tout ivre qu'il fût, avait entrepris de vanter la beauté du métier de journaliste. Intéressé quoique dubitatif, Jérémie écoutait célébrer ces hommes que dans le milieu estudiantin, on avait plutôt tendance à décrier, un de ses camarades qu'il fréquentait à la fac ayant même emprunté à un blog qu'il lisait assidûment l'appellation « journalopes de merdias » pour les qualifier.

Les fumées de l'ivresse déroulaient leurs superlatifs dans l'argumentaire enflammé d'Ouida. Il était plein de son sujet, le sosie de l'ami Fritz. À l'en croire, il n'était pas de sort plus enviable, d'occupation plus enthousiasmante que d'être journaliste aux *Dernières Nouvelles*. Soudain, à court de dithyrambes, il s'était interrompu et était revenu à une réalité plus prosaïque :

— Dis donc, au fait, t'as déjà écrit quelque chose, p'tit gars ?

— Oui, quand j'avais quinze ans, de très mauvais poèmes à la manière de Prévert. Et quelques nouvelles, plus récemment… Mais je ne suis pas sûr qu'elles soient très bonnes.

— Apporte-les-moi demain aux *DN*. J'y jetterai un

œil. Et puis, tiens, il y a une place libre à la locale. Viens bosser avec nous. Tu perds ton temps à la fac…

*Promesse d'ivrogne. Demain, il m'aura oublié. Et puis, on n'entre pas comme ça dans un journal…*

Jérémie avait coupé court :

— J'y penserai. Mais il faut que je rentre. Merci pour la bière.

Et il avait planté là Ouida qui avait levé son verre en guise de salut. Le lendemain matin, à la première heure, Jérémie dirigeait ses pas vers la rue de la Nuée-Bleue, siège du journal.

— Ouida ? Il n'arrive jamais avant onze heures…

Rongeant son frein, Jérémie avait donc patienté, perplexe, ne sachant trop à quoi s'attendre. Si vraiment on lui offrait d'entrer aux *DN*, accepterait-il ? Était-il sage de laisser tomber ses études ? La suite des événements ne lui avait guère laissé le loisir de réfléchir : à onze heures tapantes, Ouida était arrivé, l'avait reconnu à peine et ne s'était absolument pas souvenu de ses promesses de la veille. Claude Muratore, le chef de service, assistait, de loin, à leur entretien. Ayant entendu leurs derniers propos, il s'était approché :

— Eh bien, Igor, t'étais encore rond comme une queue de pelle hier soir ? Et comme d'habitude, t'as joué les importants et promis monts et merveilles à ce jeune garçon ?

Et se tournant vers Jérémie :

— Alors, il paraît qu'on sait écrire en français ? Montre-moi ce que tu as dans la main.

Jérémie lui avait tendu les quelques feuillets qu'il

avait apportés. Muratore les avait parcourus en diagonale, ponctuant sa lecture de grimaces diverses et peu encourageantes.

— Ouais, c'est pas totalement nul. Évidemment, faudrait tout réécrire…

Résigné, Jérémie se préparait à tourner les talons lorsque les propos de Muratore l'avaient arrêté net :

— T'as vraiment envie de devenir journaliste ?

Pris de court, le jeune homme s'était mis à bafouiller.

— Bon. J'vois c'que c'est. Tu ne seras jamais journaliste de radio. Mais à l'écrit, tu peux peut-être te défendre. C'est vrai ce qu'il t'a dit, ton copain de comptoir : il y a une place à prendre à la locale. Viens avec moi, on va voir le rédac chef. Si tout se goupille bien, tu commences demain comme stagiaire. À l'essai, bien entendu. Et gratuitement.

Et c'est ainsi que, sans avoir vraiment compris ce qui lui arrivait, Jérémie s'était retrouvé dès le lendemain, sous la houlette bourrue mais efficace de Muratore, en train d'écrire des articles dont les premiers jets se retrouvaient inévitablement dans la poubelle. Et il les réécrivait jusqu'à ce qu'ils soient jugés publiables. Un mois plus tard, son essai était transformé : Jérémie entrait en pied à la rédaction des *DN* et disait adieu à ses études de littérature française, au grand dépit de papa qui n'avait que peu de considération pour ce « sous-produit de littérature ». Depuis, Jérémie avait obtenu sa carte de presse ainsi que sa mutation aux pages régionales, à l'agence de Colmar. Sa prose s'était affinée, mais toujours il creusait. Et c'était même pour ça qu'on l'appréciait aux *DN* : pour son flair de chien de chasse.

*Voyons, il y a deux pistes que je dois suivre, maintenant : d'abord, les fameuses tribulations, et là, je pense qu'il faut que je cuisine Adolf, notre correspondant local qui m'a tout l'air d'avoir gardé des informations dans sa musette. Et puis il faudrait voir aussi du côté des relations professionnelles de Weberlé : même s'il est totalement innocent, l'acheteur dont nous a parlé l'adjudant a peut-être des choses à dire…*

# 9

— Alors, c'est tout ce que t'as à me dire ?

— Ben oui, j'suis pas flic, j'suis vigneron. Je me doutais bien que Weberlé était un magouilleur de première. Mais je n'allais pas mettre mon nez dans ses bouteilles, moi. Contrairement à vous…

Dans l'ombre fraîche de sa cave, Constantin Fuchs, auquel Maurice Dubois essayait de tirer les vers du nez, venait de renvoyer son interlocuteur dans les cordes : non, il ne savait rien, même s'il se doutait de beaucoup de choses… Dans l'après-midi, il avait reçu un coup de fil de Dubois, qui lui avait simplement dit : « Il faut que je te voie, c'est urgent. C'est à propos de Weberlé. » Dubois, c'était d'abord un vieux copain de son père. C'était aussi le grand chambellan de la confrérie Saint-Étienne, l'association qui régnait sur les vins d'Alsace. Être distingué par la confrérie était un honneur pour n'importe quel vigneron alsacien.

*Et surtout un moyen de se faire mousser et d'augmenter le prix de vente de ses bouteilles.*

Mais Constantin Fuchs était un garçon délicat : jamais il n'aurait dit tout haut ce qu'il pensait tout bas devant Dubois qui était, au demeurant, un très brave homme. En dégustant une gorgée du riesling que lui avait proposé Constantin, il avait commenté, après avoir longuement « mâché » le vin :

— Il a quelque chose, ton riesling. Tu devrais nous le proposer…

Chaque année, en effet, la confrérie attribuait, après dégustation, ses « sigilles » aux vins qu'elle appréciait particulièrement. Autant dire que le sceau rouge sur l'étiquette, qui désignait les vins « sigillés », était particulièrement recherché par les connaisseurs, mais aussi par les gogos auxquels on aurait fait boire n'importe quelle piquette siglée de rouge. Et ils étaient légion. C'est dire le prestige dont jouissait la confrérie…

Dubois, pour l'heure, était bien embêté. Une dizaine de jours plus tôt, il avait reçu la visite d'un membre de la DGCCRF, qui lui avait déclaré tout de go, mais en lui faisant jurer de garder le secret :

— Vous avez peut-être une brebis galeuse parmi vous.

— … ??

— Joseph Weberlé est bien membre de votre confrérie, non ? Nous avons des motifs de croire qu'il trafiquait certains de ses vins. Si j'étais vous, je ferais le ménage avant que le scandale n'éclate.

— Alors, tu vois, avait expliqué Dubois à Constantin, j'en ai parlé au dernier chapitre solennel et j'ai demandé à faire comparaître Weberlé pour lui demander des explications. Mais les autres membres du conseil ne m'ont pas suivi : ils ont estimé qu'il fallait attendre les résultats de l'enquête de la DGCCRF.

— La DGCC machin, c'est quoi ?

— La Direction générale de la concurrence, de la consommation et de la répression des fraudes. T'as entendu parler du scandale des vins de Bordeaux l'an dernier ? Eh bien, ce sont eux qui l'ont mis au jour.

— Le scandale des vins de Bordeaux ? Lequel ? Il y en a eu quelques-uns ces dernières années...

— Quatre mille hectolitres de vin de table du Languedoc vendus comme Pomerol, Margaux, Saint-Julien. C'est pas rien…

— Il y a aussi eu une affaire chez nous, à Orschwihr, il n'y a pas si longtemps.

— Rien de comparable. En revanche, d'après ce que j'ai compris, la fraude de Weberlé serait très importante. Et je pensais que toi, dont les vignes sont proches des siennes, tu aurais pu m'apprendre quelque chose.

— Tout ce que je sais, c'est qu'il sulfatait comme un malade. Mais de toute façon, il est mort maintenant, le Weberlé. C'est certain que si la fraude était confirmée, ça sentirait mauvais pour la confrérie…

— Oui, et tu ne connais pas la meilleure : nous venons de lui accorder un « sigille » pour son riesling grand cru. Imagine qu'il s'agisse d'un vin trafiqué…

— Alors, si je comprends bien, vous êtes venu me voir pour que je vous donne des preuves des magouilles de Weberlé. Désolé, je n'en ai pas.

Il se prit soudain de pitié pour ce notable considérable qui venait le solliciter, lui, le petit vigneron que Weberlé écrasait de toute sa puissance, de son vivant. Songeur, il imagina les titres de la presse : « La confrérie Saint-Étienne primait les vins trafiqués de l'escroc d'Oberwihrheim. » Ou encore « Meurtre d'Oberwihrheim : la confrérie Saint-Étienne complice ? »

— De toute façon, vous n'avez plus le choix, maintenant. Il faut faire ce que vous a conseillé l'enquêteur. Annoncez de toute urgence que la confrérie Saint-Étienne, à la suite d'une enquête interne, s'apprêtait à radier Joseph Weberlé. Je sais, ce n'est pas très beau d'accabler un mort…

— Tu as raison. J'espère que je vais réussir à convaincre le grand conseil, cette fois. Mais comment ? Je n'ai aucun élément tangible pour les faire changer d'avis…

— Non, vous avez frappé à la mauvaise porte. Mais peut-être puis-je vous aider quand même.

— Ah oui ? Eh bien, dis-moi.

Constantin esquissa un sourire. Il ne lui déplaisait pas de faire languir le grand chambellan, cette sommité de la viticulture alsacienne.

— Si *Les Dernières Nouvelles* parlaient de cette affaire de trafic, ça pourrait vous aider à convaincre vos collègues, non ?

— Oui, mais je ne me vois pas allant solliciter *Les DN*…

— Pas besoin. Moi, j'ai un copain journaliste qui s'appelle Jérémie Mathieu. C'est lui qui « couvre » l'affaire du meurtre. Si je lui glisse que je peux lui faire rencontrer quelqu'un qui a des informations sur la personnalité douteuse de Weberlé, je suis certain qu'il sera intéressé.

— Bon. Mais alors, fais vite. Et si ça marche, je te jure que tu n'auras pas affaire à un ingrat. T'es un homme précieux, Constantin.

C'était bien la première fois que l'on qualifiait Constantin d'homme précieux. En revanche, il se savait homme de décision. Et d'action : moins de vingt-quatre heures plus tard, les trois hommes se trouvaient réunis dans sa cave, l'endroit idéal pour tenir conciliabule sans être vus ni entendus. Pour la circonstance s'était également invité à cette réunion un personnage que Mathieu et Dubois ne s'attendaient certes pas à voir : Léopoldine, la tante de Constantin. Car ce dernier était également l'une des sources auxquelles s'abreuvait la postière pour parfaire sa connaissance encyclopédique de la vie intime d'Oberwihrheim. Constantin s'était d'abord fait tirer l'oreille, mais il avait finalement cédé aux arguments de Léopoldine qui peaufinait son costume de miss Marple en étant persuadée que c'était à elle, et à elle seule, de résoudre l'énigme de la mort de Weberlé. Grâce aux confidences dont continuait à l'abreuver Schmitterlin, elle voyait bien que l'enquête de l'adjudant Ledoux n'avançait pas…

C'est le journaliste qui lança les hostilités :

— Constantin ne m'a pas dit qui vous êtes, ni ce que vous alliez me dire. Simplement que vous aviez quelque chose à m'apprendre concernant Weberlé.

— Oui, j'ai un scoop pour vous.

Ça commençait mal : Jérémie se méfiait des scoops comme du choléra. Tous les mégalos, les comploteurs, les illuminés se croyaient détenteurs de nouvelles extraordinaires qu'ils étaient les seuls à connaître et dont ils entendaient faire profiter l'humanité. En dépit de son peu d'expérience, le jeune journaliste avait déjà été sollicité à plusieurs reprises par des détenteurs d'informations exclusives dont les ballons de baudruche avaient éclaté à la première piqûre. C'est donc essentiellement par égard pour Constantin qu'au lieu de fuir en courant, il répondit :

— Je vous écoute, monsieur.

— Voilà. Je suis membre de la confrérie Saint-Étienne et nous avons appris récemment que Weberlé trafiquait ses vins.

Jérémie dressa l'oreille : après tout, il n'était peut-être pas venu pour rien. La personnalité de son interlocuteur plaidait pour lui et l'information valait la peine d'être creusée.

— J'ai une première question à vous poser. Pourquoi me dites-vous ça ? Est-ce au nom de la confrérie que vous parlez ?

— Oh ! je vais être très franc avec vous. Si vous faites un article disant que la confrérie enquêtait sur les malversations de l'un de ses membres, ça éviterait que le scandale, une fois révélé, nous retombe dessus. Je ne vous cache pas d'ailleurs que l'idée m'a été soufflée par votre ami Constantin.

Jérémie eut un petit rire et jeta un coup d'œil complice au jeune vigneron. Quant à Léopoldine, elle jubilait : ce qu'elle soupçonnait, ce sur quoi elle avait d'ailleurs elle-même certaines informations, se trouvait donc confirmé.

— Évidemment, c'est intéressant, reprit Jérémie. Encore faut-il détailler ces accusations. Et les étayer. Puis-je les mettre dans votre bouche, en tant que membre de la confrérie ?

— Monsieur Maurice Dubois est grand chambellan de la confrérie, glissa alors Constantin, secrètement ravi de le mettre dans l'embarras.

— Euh, émit ce dernier, vous ne pourriez pas vous contenter d'écrire : un membre de la confrérie nous a dit… ? Et puis, je peux vous mettre en relation avec l'enquêteur de la DGCCRF qui m'a parlé du trafic.

Le poisson était ferré : Jérémie savait qu'il tenait cette fois une bonne, une excellente information. La DGCCRF, cependant, ne dévoilerait ses batteries qu'une fois l'enquête aboutie.

— Je doute qu'ils me disent autre chose que : « Une enquête est en cours. » Mais c'est mieux que rien. Et maintenant, dites-moi tout ce que vous savez. Ça ne vous dérange pas que je vous enregistre ?

Pendant près d'une heure, Dubois, qui paraissait au supplice, mais qui avait bien conscience que cette interview pourrait sauver la réputation et peut-être l'existence même de la confrérie, répondit par le menu aux questions du journaliste.

— Ce qui m'embête, conclut Jérémie, c'est que la seule source dont vous disposiez, c'est une déclaration de la DGCCRF qui n'est même pas affirmative.

Dans son coin, Léopoldine, qui bouillait depuis quelques instants, ne put se retenir, bien que s'étant juré de ne pas intervenir :

— Oh ! mais c'est que moi, j'ai une autre source !

Trois paires d'yeux interrogateurs se tournèrent vers elle.

— J'ai parlé avec Céline, hier…

Céline, c'était la fille de Joseph Weberlé. Épouse d'un viticulteur de Ribeauvillé et brouillée avec son père depuis qu'il s'était séparé de son épouse, elle était revenue à Oberwihrheim deux jours plus tôt pour organiser les obsèques. S'étant vue répondre qu'il fallait attendre les résultats de l'autopsie, elle avait pris possession de la maison familiale, en attendant. Et elle avait longuement parlé avec Léopoldine, la « tantine » qui lui donnait des bonbons quand, petite fille, elle accompagnait sa maman à la poste.

— Et elle m'a raconté...

Non. Elle ne pouvait pas : ce n'était pas très chrétien de révéler à autrui les confidences qu'on lui avait faites. La Vierge Marie n'apprécierait certainement pas. Et puis, si elle disait à n'importe qui tout ce qu'elle savait, elle ne serait peut-être pas la première à élucider le crime.

Dubois et Mathieu attendaient sans piper mot. Mais Constantin, qui savait de quel bois était faite sa tante, se mit à la caresser dans le sens du poil :

— Tu nous dis simplement ce que tu sais. Si l'enquête avance grâce à toi, tout le monde t'en saura gré. Et puis, le journaliste te donnera d'autres tuyaux.

Mathieu comprit l'appel du pied :

— C'est vrai, j'ai sans doute des informations que vous n'avez pas. Justement, je dois voir le procureur de la République demain. Vous serez la première à savoir ce qu'il m'a dit.

Léopoldine, bien que doutant que le procureur disposât d'autres informations que celles qu'elle s'était procurées elle-même et que Schmitterlin lui distillait presque quotidiennement, succomba aux assauts conjugués de son neveu et du journaliste :

— Bon, eh bien, Céline est donc venue me voir. Et elle m'a dit qu'elle avait mis un peu d'ordre dans la maison de son père et qu'elle avait rangé ses papiers. Et alors…

Aux trois paires d'yeux interrogateurs se joignit un trio, parfaitement harmonisé, de timbres de voix :

— Et alors ?

— Et alors, comme elle s'occupe de la comptabilité de son mari et qu'elle s'y connaît en viticulture, elle m'a dit qu'elle avait remarqué des choses pas nettes, des chiffres qui ne correspondaient pas, des productions qui paraissaient fantaisistes, notamment pour un riesling grand cru.

— Oh ! misère de moi, le riesling auquel nous avons accordé un « sigille », se désola à voix basse Dubois

— Et comme par hasard, poursuivit Léopoldine, les papiers sur lesquels étaient inscrits les chiffres qui ne correspondaient pas se trouvaient dans le double fond d'un tiroir qu'elle connaissait parce que ça l'avait beaucoup amusée quand elle était petite.

Le trio vocal intervint une nouvelle fois :

— Et alors ?

— Et alors, c'est tout. Nous avons longuement parlé, mais de choses qui n'ont aucun rapport.

*Et puis, ça suffit comme ça. Tu m'as persuadé de parler, Constantin, mais je ne vais quand même pas vous raconter tout ce que Céline m'a dit. Par exemple, qu'elle avait trouvé un autre document mystérieux dans ce tiroir. Et qu'elle avait également des informations sur les promenades nocturnes de son père...*

# 10

L'adjudant Ledoux avait le moral dans les chaussettes. Assis derrière un bureau, dans le local de la mairie qu'il avait transformé en QG de l'enquête, il suivait d'un œil morne les évolutions d'une mouche qui avait commencé par se poser sur son nez, qu'il avait long et qui lui avait d'ailleurs valu la réputation d'avoir du « pif ». Ladite mouche avait ensuite émigré sur son bras pour finalement s'accorder une pause toilette sur une feuille de papier blanc où elle se frottait vigoureusement les pattes.

*Tu sais sur quoi tu t'es posée ? Sur la feuille où j'avais décidé de consigner mes conclusions. T'as vu la feuille, petite mouche ? Elle est blanche. Il n'y a rien dessus.* Nothing. Nichts. Nada. Niente. *Tiens, comment dit-on « rien » en alsacien ? Ah oui,* nix. Nix, *comme ce que va dire le proc aux journalistes, tout à l'heure.* Nix, *avec de la sauce autour. Pour ça, il est très fort, le proc. Pontifiant, mais très fort. Moi, en attendant, il m'a sonné les cloches...*

Les deux hommes s'étaient en effet rencontrés la veille et le procureur de la République n'y était pas allé par quatre chemins :

— Voilà dix jours que Weberlé est mort et nous en sommes toujours au même point, Ledoux. C'est vous qui êtes responsable de l'enquête et vous n'avez pas d'indice, pas de suspect, pas de mobile.

Et avec une parfaite mauvaise foi, il avait ajouté :

— Et vous ignorez même ce qui a provoqué le décès.

Ledoux avait secoué la tête, découragé, jugeant inutile de faire remarquer que c'était le labo qui n'avait pu préciser quel type d'objet contondant avait heurté le crâne de Weberlé. Et peut-être que s'il avait été mieux secondé… Comme s'il avait lu ses pensées, le proc avait ajouté, très vite :

— Oui, je sais, le labo n'avance pas. Et en plus, l'un de vos enquêteurs a fait une sacrée boulette. Celui qui a découvert le corps. Comment s'appelle-t-il, déjà ?

Accablé, Ledoux avait marmonné :

— Schmitterlin.

— Ah oui, le brigadier Schmitterlin. Votre gendarme local. Il faudrait le conserver dans un bocal, celui-là, pour le montrer en exemple aux futures générations de gendarmes... En exemple à ne pas suivre, bien entendu…

Ledoux avait esquissé un rictus. Effectivement, les seules empreintes que l'on avait relevées sur Weberlé étaient celles de Schmitterlin qui avait manipulé le corps. Ce qui, en d'autres circonstances, et s'il n'avait pas été gendarme, eût pu faire de lui le suspect numéro un.

— Écoutez, monsieur le procureur, si vous voulez me dessaisir, dites-le-moi tout de suite et qu'on n'en parle plus.

— Ne vous emballez pas, adjudant. Je ne vais pas vous dessaisir. Du moins, pas tout de suite. Mais il me faut des résultats, comprenez-vous ? En attendant, moi je vais essayer d'amuser les journalistes en faisant les pieds au mur. Vous n'avez vraiment rien de nouveau à m'apprendre ?

— Si, peut-être. Mais c'est tellement peu de choses…

— Dites toujours.

— On sait enfin qui a passé le coup de fil que le maire a reçu dans la nuit. Le maire avait effacé l'appel de son portable, de sorte qu'on ne pouvait identifier le numéro de l'appelant. Mais maintenant, on sait...

— Mais c'est très intéressant, ça ! Ne me faites pas languir.

Ledoux avait souri tristement.

— Vous allez être déçu, *nunndabuckel*. Le coup de fil provenait du téléphone portable de Weberlé. C'est lui qui avait téléphoné, sans doute peu de temps avant de mourir…

— Et vous l'avez retrouvé où, ce téléphone ?

— Par terre, dans le confessionnal.

— Et à quelle heure a été donné le coup de fil ?

— À vingt-trois heures dix-sept, très exactement.

— Et il vous a fallu dix jours pour savoir que c'était bien celui de Weberlé ?

Cette fois, Ledoux avait pris la mouche :

— Ce n'est quand même pas ma faute, monsieur le procureur, si les services techniques ont pris tout ce temps pour me donner cette information qu'ils auraient pu trouver en cinq minutes. Je les ai secoués, mais ils s'en fichent royalement. « Nous sommes surchargés », qu'ils disent. Tu parles…

Le procureur Bannwarth avait jugé plus diplomatique de ne pas insister. Il avait de quoi donner un os à ronger aux journalistes. Pour le reste…

En attendant la communication du procureur, Ledoux contemplait sa feuille blanche sur laquelle la mouche, ayant terminé sa toilette, semblait le considérer avec attention. Il la balaya du revers de la main, choisit avec soin un stylo à pointe et se mit à calligraphier soigneusement :

*1. Réinterroger Patrick Salomon, l'acheteur. Il n'est sans doute pas coupable. Mais il s'est pris de bec avec Weberlé et ne m'a pas expliqué pourquoi. Je sais maintenant qu'il l'a menacé de révéler certaines choses et que Weberlé a répliqué : « Je te tiens par les couilles. » Chantage mutuel. Sur quoi portait-il ?*
*2. Identifier et interroger l'auteur de l'article sur les tribulations du sieur Weberlé. D'où tient-il ses informations ? En quoi consistaient ces tribulations ?*

Ses yeux se perdirent dans les moulures du plafond où la mouche avait trouvé refuge et bourdonnait nonchalamment. Il avait la vague impression d'oublier quelque chose. La mouche. La mouche du coche. Schmitterlin. Ça y est, ça lui revenait… Pris d'une soudaine frénésie, il se mit à griffonner en toute hâte :

*3. Trouver une occupation à cette andouille de Schmitterlin pour qu'il évite de se coller à moi comme une moule à son bouchot en me bombardant de questions idiotes et en me faisant des suggestions imbéciles.*

Il venait à peine de mettre le point final à sa prose que l'objet de celle-ci se manifesta dans l'embrasure de la porte, hors d'haleine, avec l'air extatique du messager qui vient de courir quarante-deux kilomètres pour porter à Athènes la nouvelle de la victoire de Marathon :

— Chef ! Chef !

Ledoux considéra son subordonné avec curiosité. Le messager de Marathon avait eu le bon goût de mourir après avoir porté son message. Pourquoi Schmitterlin n'en ferait-il pas autant ? Il eut à peine le temps de se demander s'il fallait regretter cette pointe d'humour morbide que le brigadier se mit à brailler :

— J'ai une lettre, chef !

— C'est très bien, Schmitterlin. Moi aussi, j'ai reçu une lettre, ce matin. C'était la facture du plombier. Et vous, c'est quoi ?

— Vous avez mal compris, chef. C'est Mathieu, le journaliste des *Dernières Nouvelles*, qui a reçu une lettre anonyme. Comme elle concerne le meurtre de Weberlé, il me l'a remise.

— Après en avoir fait une photocopie qu'il publiera, évidemment.

— Ça, je sais pas, chef, il m'a rien dit. Elle est signée « le corbeau » chef.

— Si elle est signée, elle n'est plus anonyme !

— Mande pardon, chef ?

— Rien. Vous l'avez sur vous, cette lettre ?

— Bien sûr, chef ! Tenez, la voilà.

Et Schmitterlin extirpa de sa poche droite une lettre chiffonnée qu'il avait saisie à pleine main et la tendit à son supérieur.

— Mettez-la sur le bureau, sous-brigadier. Je n'y toucherai pas mains nues. Dites-moi, on dirait que c'est devenu une spécialité, chez vous, de déposer vos empreintes sur les cadavres et les pièces à conviction. Et l'ADN, vous en avez entendu parler ?

— Ben oui, pendant ma formation de gendarme. Mais j'ai un peu oublié…

— C'est l'acide désoxyribonucléique, l'empreinte génétique propre à chaque individu, Schmitterlin. Il y a plein de votre ADN sur cette lettre.

— Ouh là ! Mais alors…

— Alors, rien du tout. Dans votre cas, ADN signifie : Académie des nuls, cette association dont vous êtes le président à vie.

— Là, vous me charriez, mon adjudant.

— Vous croyez ?

L'adjudant Ledoux ouvrit un tiroir dans lequel se trouvait une paire de gants qu'il enfila soigneusement sous le regard intéressé de Schmitterlin. Puis il saisit l'enveloppe et déchiffra : ***POUR LES DERNIÈRES NOUVELLES*** en lettres capitales apparemment découpées dans un journal.

— Voilà un corbeau qui connaît ses classiques. Et bien sûr, vous savez ce qu'il y a à l'intérieur puisque vous avez lu la signature.

— Ben oui, j'ai lu la lettre et je l'ai remise à l'intérieur.

— Toujours à mains nues, bien sûr. Alors, dites-moi ce qui était écrit.

— Je l'ai appris par cœur, chef : ***D'abord une dispute – Avec l'acheteur – Puis un coup sur l'occiput – Donné de bon cœur.***

— Et c'est tout ?

— C'est tout. Ah oui, la signature : ***LE CORBEAU***. Et le tout en lettres découpées dans un journal.

— Bon. Voilà un corbeau qui ne m'apprend rien : la dispute entre l'acheteur et Weberlé, puis un coup sur l'occiput de ce dernier. Et en plus, ça rime ! Attendons la suite, car il y aura certainement une suite. Portez ça au labo, Schmitterlin... Pas avec les mains, malheureux ! Tenez, je la glisse dans une pochette plastique. Au trot !

À ce stade de l'enquête et compte tenu du fait que ledit corbeau, pour renseigné qu'il fût, n'apportait aucun élément nouveau, il importe peu que le lecteur apprenne dès à présent son identité : il s'agissait de Germaine Gruber, dite Choupette, dite Gégé.

On pourra ne pas s'en étonner lorsqu'on saura que Germaine, sous la trompeuse apparence d'une femme essentiellement préoccupée de mitonner des petits plats à son époux, de planter et de récolter des haricots, des petits pois et des tomates, et d'agrémenter la chorale municipale de son filet de voix, cachait une âme délicate de poétesse. Elle avait découvert deux ans plus tôt, à la bibliothèque, un recueil d'Elsa Koeberlé, comme elle née à Strasbourg, dont les vers avaient éveillé la muse éthérée qui sommeillait sous sa volumineuse enveloppe charnelle. Elle n'avait, depuis lors, qu'une seule aspiration : passer à la postérité sous l'appellation « la poétesse d'Oberwihrheim ». Mais les premiers vers bucoliques qu'elle avait envoyés aux gazettes locales n'avaient pas obtenu le franc succès auquel ils semblaient promis : ses rimes évocatrices – « amour » avec « tambour » et « autoroute » avec « choucroute » – n'avaient séduit ni *Les Dernières Nouvelles*, qui l'avaient encouragée à s'adresser à un éditeur spécialisé, ni *L'Alsace*, dont elle était une lectrice assidue et qui n'avait même pas daigné répondre.

Alors, en attendant la gloire promise par Calliope, la muse de la poésie épique, elle avait trouvé un exutoire dans l'écriture de lettres anonymes en bouts rimés. Sans doute était-ce là une activité plus en rapport avec ses pulsions cancanières : Germaine adorait faire étalage de tous les ragots qu'elle récoltait tant auprès de son époux Marius, l'homme le mieux informé du village (disait-il) que de Léopoldine, centre névralgique de tous les cancans. Et c'est ainsi que, ciseaux en main, elle avait entrepris de découper le dernier numéro de *L'Alsace* pour élaborer une lettre anonyme digne de ce nom : pour être poétesse, elle n'en connaissait pas moins son bréviaire du parfait petit corbeau. Après avoir expédié son premier poulet dont elle espérait bien qu'il serait publié, cette fois, elle travaillait fiévreusement à son prochain envoi, dictionnaire des rimes à portée de main. Et tant pis pour Marius auquel, le matin même, elle avait laissé entrevoir des délices culinaires – un lapin au vin jaune safrané avec une fricassée de morilles – qui attendraient de meilleurs jours.

# 11

Sainte Marie, mère de Dieu…

Non, décidément, Marie ne pouvait rien pour elle. C'était comme si ses petites cellules grises étaient devenues inopérantes : Léopoldine avait l'impression de ne plus rien maîtriser. Dans l'ombre fraîche de l'église où elle était venue se réfugier après avoir dîné de trois feuilles de salade et d'un bout de fromage de Munster – tant pis pour son haleine –, l'émule alsacienne de miss Marple, du commissaire Maigret et d'Hercule Poirot réunis avait en vain prié la Sainte Vierge de l'aider à trouver un fil conducteur dans cette affaire de meurtre.

Weberlé trafiquait ses comptes et ses vins, c'était un fait établi. Et Léopoldine savait, grâce à Waldo, qu'il avait un moyen de pression sur l'acheteur de la grande surface, Patrick Salomon, qu'il « tenait par les couilles ». Sans doute une affaire de pots-de-vin. Mais Salomon avait été mis hors de cause par l'adjudant Ledoux : il avait un alibi pour le meurtre.

Léopoldine était également la seule à connaître, du moins le croyait-elle, le but des errances nocturnes de Weberlé : de sa fenêtre, elle avait une vue parfaite sur le cimetière. Et dans ce cimetière, elle avait aperçu à plusieurs reprises, à l'heure où les honnêtes gens dorment, Weberlé observer la maison d'en face où la lumière de la chambre de la directrice de l'école primaire restait allumée, tandis que son époux donnait des cours de géopolitique aux habitués de la *wistub*. Pas besoin d'être Sherlock Holmes pour deviner l'objet de ses contemplations. Concupiscence, lubricité et voyeurisme : Léopoldine désapprouvait, mais n'avait rien dit. N'empêche : elle aurait bien aimé être à son poste d'observation habituel le 13 avril au soir. Mais elle s'était exceptionnellement couchée tôt ce soir-là pour cause de névralgie d'Arnold… avant de découvrir le cadavre le lendemain matin.

Névralgie d'Arnold : c'était la dernière trouvaille de son médecin pour désigner le mal dont elle souffrait épisodiquement depuis trente ans : un étau qui lui prenait la tête, qui se mettait à pulser et qui s'accompagnait parfois de violentes nausées. On lui avait, de prime abord, assuré qu'il s'agissait de crises de foie. Puis on avait diagnostiqué une migraine et enfin une névralgie d'Arnold. Mais aucun des médecins successifs qu'elle avait consultés, s'ils avaient rapidement mis un nom – chaque fois différent – sur son mal, n'avait pu l'en guérir. Voilà pourquoi, en ce 13 avril au soir, elle avait failli à ses habitudes.

Et puis voici qu'un corbeau s'était manifesté dans le village. *Les Dernières Nouvelles* avaient publié ses premiers croassements, sans grand intérêt. Ce matin même, *L'Alsace* avait pris le relais : la nouvelle lettre du corvidé témoignait de sa connaissance de certaines pratiques intimes de la cité, même si elle n'enrichissait pas vraiment le débat : ***Le Weberlé était pourri – Et se promenait seul la nuit – Où donc se dirigeaient ses pas – Qui l'ont mené jusqu'au trépas ?*** Bien sûr, rien de bien neuf là-dedans. Mais qui pouvait donc être l'auteur de ces vers de mirliton ?

Le corbeau, en tout cas, pouvait se targuer d'avoir suscité l'intérêt d'un certain nombre de ses collègues volatiles – que d'aucuns, dans le village, qualifiaient de charognards – et qui étaient revenus en nombre à Oberwihrheim : ses croassements rimés constituaient une aubaine pour les folliculaires de *France Détective*, *Voilà* et autres représentants de la presse pipeule. Radios et télés n'étaient d'ailleurs pas en reste, certaines d'entre elles s'étant jointes à la meute. Et le sinistre radiesthésiste qui avait plié bagage avec le journaliste de *France Détective* sans que son pendule lui ait indiqué une autre direction que celle de La Taverne alsacienne était, lui aussi, de retour. Il avait même trouvé asile dans le gîte rural aménagé par Léopoldine. Cette dernière n'en espérait d'ailleurs pas d'autre contribution que celle qui lui permettrait d'améliorer son ordinaire.

Quant au mystérieux coup de fil passé dans la nuit à Marius Gruber, elle savait maintenant par Schmitterlin qu'il avait été donné par Weberlé lui-même. Et cela ne lui apprenait pas grand-chose.

Ayant achevé de se désoler d'avoir perdu le fil de l'enquête, elle s'apprêtait à prendre congé de la Vierge Marie, lorsqu'elle crut entendre un chuchotement. Et si l'assassin était revenu sur les lieux de son crime ? Dans le dernier polar qu'elle avait lu, justement… Ni courageuse ni téméraire et peu soucieuse de s'offrir en victime consentante à un éventuel meurtrier, Léopoldine se mit à trottiner à toute allure vers la porte de l'église qu'elle avait laissée entrouverte. Elle en était encore à mi-chemin lorsqu'un nouveau bruit se fit entendre, comme un soupir d'extase poussé par une voix féminine. La postière arrêta net sa sautillante chevauchée et poussa elle-même un gros soupir de soulagement : de l'autre côté des travées lui parvenait maintenant, sur un rythme de plus en plus rapide, une mélodie qu'elle avait oubliée, mais dont elle connaissait parfaitement la signification. Prenant ce qu'elle imaginait être une démarche de Sioux s'approchant de sa proie, elle se rendit jusqu'au confessionnal dont elle ouvrit prestement la porte.

— Ah ! donc, c'est vous qui m'avez laissé cette chose dégoûtante !

Dans la pénombre, elle ne distinguait pas les traits des deux personnages qui occupaient le confessionnal, mais le doute n'était guère permis à propos de leur posture, plus proche de celle de la bête à deux dos que de l'échange courtois de propos météorologiques. La jeune fille, qui était très certainement la propriétaire des cordes vocales évoquant les anges qui soupirent, fut la première à sortir de l'isoloir après s'être extirpée de l'étau des membres tentaculaires de son compagnon.

— Vous ne direz rien à personne, n'est-ce pas, tata ?

Léopoldine reconnut alors Héloïse, la ravissante sœur de Constantin, de douze ans plus jeune que lui. Hier encore, c'était une petite fille à laquelle Léopoldine offrait des chocolats.

— Toi, ma petite Héloïse ? Sainte Vierge Marie, mais tu n'as que seize ans ! Et qui est le courageux jeune homme qui se cache là au fond ?

— C'est mon fiancé, Romain.

— Je ne connais pas de Romain, à Oberwihrheim.

— Mais je ne suis pas d'ici. J'habite Ingersheim, flûta le garçon qui était enfin sorti du confessionnal et qui ne paraissait pas plus âgé qu'Héloïse.

— Vous comptez vous marier quand ? demanda Léopoldine, qui prit conscience de l'énormité de sa question au moment même où elle la posait. Les deux jeunes gens la regardèrent, l'air apitoyé : comment, en 2018, pouvait-on encore proférer pareilles sornettes ? Léopoldine était d'un temps où l'on n'admettait que les amours honnêtes, bénies par l'église et autant que possible embellies par quelque diplôme. Sachant qu'elle frisait le ridicule, elle osa cependant insister en énonçant le traditionnel : « Et que faites-vous dans la vie, jeune homme ? », ce à quoi Romain répondit de bonne grâce, mais en tremblant : « Je suis apprenti pâtissier. » Côté diplôme, il était vierge, ayant réussi, seul de sa classe, à échouer au brevet avant de se lancer à la découverte de la confection des truffes au chocolat à la pâtisserie Grimmer à Wintzenheim, celle-là même où Léopoldine se fournissait en choux à la crème.

La postière, cependant, bien qu'ayant fait profession de foi de réprouver les liens tissés hors du mariage, était bien obligée de se souvenir qu'elle-même, quelques dizaines d'années plus tôt, avait eu la conscience plus élastique… Par ailleurs, elle avait un cœur de midinette : ils étaient si mignons, ces deux jouvenceaux, qu'elle ne pouvait guère leur reprocher de manger leur pain blanc avant de l'avoir cuit. Et il lui semblait bien qu'ils fussent parfaitement appariés. Elle prit néanmoins son ton le plus sévère pour les admonester :

— Vous auriez quand même pu faire ça ailleurs : le confessionnal d'une église !

Objection rejetée par Héloïse :

— Mais, tata, on s'aime, et on n'a aucun autre endroit pour se rencontrer. Pas à la maison en tout cas : tu connais papa !

— Eh bien, venez chez moi. Je veux dire si vous voulez vous voir sans être vus. Mais pas pour faire... ça ! Bien entendu, c'est vous qui avez laissé la…

La désignation explicite de la gaine caoutchoutée que les jeunes gens avaient utilisée n'arrivait décidément pas à franchir les lèvres de Léopoldine.

— Oui, madame, c'est moi, bafouilla Romain. Mais je ferai attention, la prochaine fois.

Cette fois, Léopoldine prit le mors aux dents :

— Il n'y aura pas de prochaine fois. En tout cas, pas à l'église !

S'avisant soudain que les jouvenceaux pouvaient bien se révéler des alliés de choix dans sa quête policière, elle changea inopinément et de ton et de sujet :

— Mais dites-moi, vous êtes donc déjà venus plusieurs fois ici ?

— Ben oui, gazouillèrent les profanateurs de confessionnal.

— Et vous étiez là le 13 avril ?

Romain encore confus et ne sachant comment se comporter devant cette vieille demoiselle tour à tour compatissante et inquisitrice, c'est Héloïse qui se chargea de répondre :

— C'était quel jour de la semaine ?

— Un vendredi.

— Le vendredi, tu finis plus tard, Romain. Oh ! mais oui, tata, c'est le jour où nous n'avons pas pu…

— Vous n'avez pas pu quoi ? Allez, raconte-moi tout, Héloïse.

— Eh bien, Romain est venu avec son Kisbee un peu après dix heures du soir.

— Un Kisbee ? C'est quoi un Kisbee ?

Léopoldine n'était pas plus familiarisée avec la terminologie et les moyens de locomotion de la nouvelle génération qu'avec ses mœurs. Elle se fit donc expliquer – et parfois traduire – que Romain, après s'être éclipsé subrepticement de la maison de ses parents, avait rejoint Héloïse vers vingt-deux heures vingt à l'entrée du village, où il avait garé son scooter, ledit Kisbee. Les deux ados s'étaient alors promenés en échangeant secrets, baisers, étreintes. Ces dernières leur ayant semblé appelées à des prolongements plus intimes, ils s'étaient dirigés vers l'église où les attendait le confessionnal, seul endroit susceptible d'assurer la clandestinité à leurs débordements. Mais alors qu'ils s'approchaient de l'église, ils avaient vu sortir un homme du cimetière mitoyen.

— Un homme ? Qui était-ce ?

— Il était grand et balèze. Pas moyen de se tromper, c'était le secrétaire de mairie, flûta Héloïse.

— Il était quelle heure ?

— Dix heures et demie. Mais j'en suis pas sûre.

— Il ne vous a pas vus ?

— Je ne pense pas. Mais comme on a entendu du bruit dans le cimetière, on a préféré s'en aller.

— Et c'est tout ?

Romain prit le relais :

— Non, on est revenus un quart d'heure plus tard. On voulait toujours aller dans le confessionnal. Et on a encore vu un autre homme sortir du cimetière.

— Et celui-là, vous l'avez reconnu ?

— Quand il est passé dans le rond de lumière du lampadaire, j'ai juste pu voir qu'il était gros.

— Et alors ?

— Et alors, rien. L'homme a disparu. Nous, on était cachés. On a encore entendu du bruit. On est repartis pour de bon. Il y avait vraiment trop de monde dans le coin. On a entendu sonner onze heures un peu plus tard, et Héloïse est rentrée chez elle.

— Vous n'en avez parlé à personne ?

— Non, à personne. Mais dites, madame !

Romain avait levé le doigt, comme à l'école.

— Mademoiselle, le corrigea Léopoldine. Que veux-tu ?

— Le deuxième homme qui est sorti du cimetière, c'est vrai, je ne l'ai pas reconnu. Mais je me souviens : il avait des chaussures qui craquaient quand il marchait…

# 12

Rentrée chez elle, Léopoldine ne s'était pas mise, comme à l'accoutumée, à son poste d'observation derrière ses persiennes. Non. Elle essayait d'insérer les nouvelles pièces qu'elle venait de récolter dans le puzzle dont les trous étaient encore nombreux.

*Scénario vraisemblable : le meurtrier laisse Weberlé pour mort et s'en va. Weberlé qui n'est qu'assommé réussit à se traîner jusqu'à l'église et trouve refuge dans le confessionnal d'où il passe un dernier coup de fil avant de mourir pour de bon cette fois.*

Mais avant de faire coïncider les différentes pièces du puzzle, que de questions !…

Qui était le deuxième homme qui se trouvait avec Weberlé cette nuit-là ? Et pourquoi dans le cimetière ? Avait-il vraiment tué Weberlé ? Et avec quoi ?

Pourquoi, avant de mourir, Weberlé avait-il éprouvé le besoin d'appeler son vieil ennemi Gruber ? Pour dénoncer son meurtrier ?

Qui était donc ce corbeau qui inondait les journaux locaux de ses vers de mirliton n'apprenant d'ailleurs rien à personne ? Quel rapport avait-il avec le meurtre ?

Et que signifiait ce petit bout de papier que Céline avait également trouvé dans le tiroir secret et qui portait, de l'écriture de Weberlé, ces quelques mots : *Centre culturel, RST, enveloppe*.

Tempête sous un crâne : les petites cellules grises de Léopoldine s'activaient comme des souris sur un morceau de gruyère.

Le cimetière ? On y avait une vue directe sur la maison de Marie Morris. Weberlé y tenait ses assises de voyeur.

Le coup de fil à Gruber ? Peut-être un appel à l'aide de Weberlé qui, dans le noir, avait appuyé au hasard sur une touche de son smartphone.

Les chaussures qui craquaient ? Forcément des chaussures à semelles de cuir. Ils n'étaient plus tellement nombreux, au village, à porter de telles chaussures. Mais cet homme était-il le meurtrier ?

Les quelques mots griffonnés par Weberlé ? Avaient-ils seulement le moindre rapport avec le meurtre ?

Quant au corbeau, Léopoldine avait maintenant comme une vague idée sur son identité...

Au bout d'une demi-heure de cet exercice, les petites cellules grises commencèrent à se fatiguer. Le puzzle peinait à prendre forme. Léopoldine se laissa envahir par les trous noirs du scénario qu'elle tentait d'échafauder et finit par s'assoupir. Mais pas avant d'avoir distingué une silhouette brandir au-dessus de sa tête un bâton en forme de... en forme de quoi ?

Léopoldine, brusquement réveillée, constata qu'il faisait déjà jour. Son réveil indiquait six heures trente : l'heure pour elle d'aller faire la toilette de l'église. C'était un rendez-vous qu'elle ne saurait manquer. Mais ses pensées, ce matin-là, n'allaient pas à la Vierge Marie. Elle revivait le rêve à la fois terrifiant et révélateur qu'elle avait fait : la formidable silhouette qui s'approchait d'elle sans qu'elle puisse distinguer ses traits, et qui tenait dans ses mains au-dessus de sa tête un objet oblong qui la menaçait et qui s'allongeait... Un objet qu'elle avait déjà vu quelque part.

— Une batte de base-ball ! C'était une batte de base-ball ! s'écria Léopoldine.

Le lecteur s'étonnera sans doute qu'une postière presque sexagénaire, un tantinet bigote, et dont le scrabble était le seul sport qu'elle eût jamais pratiqué, puisse connaître l'existence et la forme d'une batte de base-ball. Le football, passe encore, Léopoldine, avait quelques raisons de s'y intéresser. Mais le base-ball ! C'est un sport rarement pratiqué sous les latitudes alsaciennes, ignoré des télévisions et des journaux, et l'on peine à imaginer Léopoldine, le chef casqué, frapper une balle avec sa batte, puis se mettre à courir jusqu'à la prochaine base. L'image d'elle-même, ainsi affublée, se forma dans la tête de la postière et elle fut prise d'une crise de fou rire qui la secoua pendant quelques secondes.

Ses réflexions prirent ensuite un autre chemin. Si elle connaissait l'existence du base-ball, si elle savait à quoi ressemblait une batte, c'est tout simplement parce qu'elle connaissait le seul habitant d'Oberwihrheim à pratiquer ce sport : Évariste Hittler, l'un des piliers des SR Colmar Hawks, modeste mais vaillante formation, dont les membres suivaient avec attention les exploits des Yankees de New York, l'un des clubs phares du championnat américain, et rêvaient de les égaler... dans un avenir assez lointain. Toujours avide d'informations nouvelles pour compléter l'encyclopédie villageoise qu'elle avait constituée dans sa tête, Léopoldine avait, il y a quelques mois, abordé Évariste alors qu'il paradait dans la rue, affublé d'un T-shirt noir et rouge sur lequel s'étalait, en fières lettres, le mot « Hawks ».

— Dites-moi, Évariste, avait-elle tenté de minauder. Ça veut dire quoi, ce mot ? C'est de l'anglais, je crois ?

Évariste avait bombé le torse, faisant saillir le poitrail avantageux dont il tirait de nombreuses satisfactions, et avait répondu :

— Je joue dans une équipe de base-ball à Colmar. Et ce mot, c'est le nom de l'équipe. Ça veut dire « Faucons » en français.

Léopoldine avait lâché un « Ah ! » dans lequel elle avait mis toute l'admiration dont elle était capable vis-à-vis de ce coq de village, tout en ne pouvant retenir – en pensée – le mauvais jeu de mots qui s'était formé dans son esprit, et dont elle n'eut même pas honte : « Et toi, tu en es un vrai ! » Puis elle s'était fait expliquer en quoi consistait ce sport et en avait vivement félicité le secrétaire de mairie qui avait tenu ensuite (« Mais si, mais si, vous ne me dérangez pas ») à lui montrer les attributs de son art : les gants, la balle, le casque et les battes.

— Vous comprenez, je suis un attaquant, moi !

In petto, Léopoldine, dont le grand-père lui avait longuement raconté ses souvenirs de la Grande Guerre, n'avait pu s'empêcher de songer à la célèbre phrase attribuée au général Lanrezac : « Attaquons, attaquons... comme la lune. » Il est vrai que le personnage qui plastronnait devant elle se prêtait complaisamment à ce genre de réflexion. Sans manifester d'autre émotion que son apparente admiration, elle avait enregistré le fait qu'Évariste possédait deux battes, l'une en bois, l'autre en aluminium. Et surtout, elle se souvenait maintenant de la péroraison de ce dernier :

— Vous comprenez, un engin pareil, ça peut vous expédier la balle à plus de cent mètres. Ça peut aussi vous défoncer n'importe quel crâne.

Oh ! bien sûr, ça n'en faisait pas l'assassin de Weberlé pour autant. Mais il avait un mobile plausible : l'adjoint était un voyeur. Et celle dont il admirait les charmes, c'était l'épouse d'Hittler. Encore eût-il fallu qu'il l'ait surpris en pleine séance de voyeurisme… Et puis maintenant, Léopoldine savait également qu'Hittler était peut-être le propriétaire de ce qu'elle pensait être l'arme du crime.

Notre enquêtrice de choc, dont les petites cellules grises s'étaient de nouveau mises en action et carburaient à plein régime, se rappela qu'elle devait à la Vierge Marie ses premières attentions de la journée.

Son petit-déjeuner expédié, elle se mit à trotter vers l'église tout en se promettant deux visites impératives à faire dans la journée. La première à Gégé qu'elle soupçonnait fort, connaissant ses penchants, de se déguiser à l'occasion en corvidé croassant. Elle en aurait le cœur net. La seconde à Marie Morris qui, tout de même, devait bien savoir si son époux avait surpris Weberlé en train d'admirer ses charmes. Les deux femmes, sans être amies, s'estimaient, et Marie ne ferait sans doute pas trop de cachotteries à la postière. Et puis, il y avait l'adjudant Ledoux. Léopoldine connaissait maintenant nombre d'éléments qui pourraient faire avancer l'enquête et que le gendarme ignorait. Il aurait, bien sûr, fallu l'en informer. Elle chassa le fugace sentiment de culpabilité qui lui avait traversé l'esprit.

— C'est son enquête, ce n'est pas la mienne. Qu'il se débrouille tout seul.

Et en s'agenouillant, avant même d'entamer son premier *Ave*, elle s'adressa à la statue qui se trouvait sur sa gauche :

— Vous êtes bien de mon avis, Sainte Vierge ?

# 13

L'adjudant Ledoux considérait attentivement le personnage qu'il avait convoqué et qui arborait une mine interrogative et légèrement inquiète. « Vous avez le regard inquisiteur », lui avait dit un jour l'un de ses subordonnés. Il s'efforçait donc, chaque fois qu'il interrogeait un suspect, de lui décocher ce fameux regard qu'il avait longuement travaillé devant son miroir : il plissait légèrement les yeux, fixait son interlocuteur sans ciller et essayait, tant bien que mal, de se composer un visage sans expression. Ça lui avait parfois réussi.

Mais voilà, il n'avait encore en face de lui qu'un simple témoin, à charge pour l'adjudant de le transformer en suspect, voire en coupable présumé, comme disent les gazettes. Et d'ailleurs, Ledoux n'était pas particulièrement fier de lui. Si l'enquête se mettait enfin à progresser, ce n'était pas grâce à ses propres mérites, mais à un enchaînement de judicieuses circonstances extérieures. Qu'importe : le résultat n'était pas pour déplaire à l'adjudant, *nunndabuckel* !

Tout d'abord, l'heure du décès avait pu être fixée avec une certaine précision : vingt-trois heures dix plus ou moins dix minutes. Le spécialiste du labo avait ajouté :

— Votre cadavre portait une ecchymose à la mâchoire, vraisemblablement provoquée par un coup de poing. Il s'est sans doute battu. Mais c'est un coup à la tête donné avec un objet contondant qui a provoqué la mort. Ce coup a sans doute été porté avant le décès effectif.

Devant l'étonnement du gendarme, il avait précisé :

— Weberlé est mort d'une hémorragie cérébrale, c'est-à-dire d'un écoulement de sang dans le cerveau à la suite d'une rupture d'un vaisseau. Comme le coup porté a été très violent, l'issue était fatale. Mais pas immédiate. Il s'est sans doute écoulé plusieurs minutes, une dizaine peut-être entre le coup et la mort. Et durant ce laps de temps, la victime était sans doute consciente et a même pu se déplacer.

Ledoux avait grommelé un merci pas très convaincu. Que lui importaient ces détails ? Mais il avait dressé l'oreille lorsque l'homme de l'art avait ajouté :

— Et puis l'objet qui a percuté le crâne de la victime n'a pu être identifié avec précision. Mais nous savons qu'il était en bois et arrondi à l'endroit de l'impact. C'était un objet manufacturé, quelque chose comme un club de golf ou une batte de base-ball, si vous voyez ce que je veux dire.

Un objet manufacturé avec un bout arrondi : on ne se promène pas la nuit en tel équipage sans intention précise. Il s'agissait donc très vraisemblablement d'un meurtre prémédité.

Et puis, il y avait eu cette information en provenance des gendarmes du CACIR (le Centre automatisé de constatation des infractions routières) : le 13 avril à vingt-deux heures trente, une Peugeot 2008 immatriculée EN-952-LA avait été flashée à cent vingt-cinq kilomètres-heure sur la RN 83, au niveau de la sortie de Bergheim. Et c'était le propriétaire de la voiture qui se tenait assis devant lui : Patrick Salomon, celui-là même qui avait déclaré qu'il était, cette nuit-là, en train de jouer au *Texas hold'em* avec des amis.

*Bien joué, camarades. Vous m'avez bien aidé. Qui a dit que la gendarmerie, c'était le grand foutoir ?*

Sur ce constat de satisfaction corporative, Ledoux eut une brève pensée pour le gendarme Schmitterlin qui se trouvait à ses côtés : le brigadier était-il l'exception qui confirmait la règle ?

Après avoir laissé mijoter Patrick Salomon quelques instants, il prit enfin la parole en lui décochant son fameux regard inquisiteur :

— Monsieur, je vous ai à nouveau convoqué en tant que témoin afin que vous m'apportiez certaines précisions. Je vous ai déjà interrogé, mais il y a encore quelques détails que je voudrais vous voir confirmer. Résumons. Le vendredi 13 avril 2018, vers dix-huit heures, vous étiez dans la boutique de Joseph Weberlé avec lequel vous vous êtes violemment disputé. Vous l'avez quitté vers dix-huit heures trente. Au cours de cette même nuit, Weberlé est assassiné. Vous nous avez déclaré que vous aviez joué aux cartes avec des amis à Colmar, dans l'appartement de l'un d'eux, entre vingt heures trente et deux heures du matin. C'est exact ?

— Vous savez, je n'ai pas regardé ma montre. Mais c'est à peu près dans ces heures-là, répondit Salomon, un léger sourire aux lèvres.

Le sourire déplut à Ledoux. L'homme fanfaronnait, apparemment sûr de lui. Il devait avoir de très bons amis…

— Et vous n'avez pas reçu de courrier déplaisant depuis ce jour-là ?

— Un courrier déplaisant ? Je ne comprends pas…

— Un courrier dans ce genre-là.

L'adjudant brandit une feuille dont l'intitulé portait la mention *Avis de contravention.*

— Tenez, je vous la donne. Lisez-la bien.

Il s'écoula alors plusieurs secondes au cours desquelles le teint de l'acheteur passa successivement du blanc laiteux au rose pâle, puis au rubicond tandis que quelques gouttes de transpiration apparaissaient sur ses tempes. Ledoux se carra dans son fauteuil en se pourléchant les babines tel un matou qui s'apprête à croquer une souris bien dodue. Salomon tenait à bout de bras la lettre qu'il fixait maintenant sans la voir. Il réussit finalement à articuler :

— J'avais prêté ma voiture à un ami ce soir-là.

— Ah oui. Un autre de vos excellents amis. Celui-ci peut-être…

L'adjudant tendit alors à son interlocuteur une photo où on le reconnaissait parfaitement.

— Elle a été prise par le radar. Vous avez un frère jumeau ?

Salomon, prostré sur sa chaise, l'œil vague, fit entendre un vague bredouillis.

— Je dois vous dire également que nous avons interrogé l'un des amis avec lesquels vous jouiez aux cartes ce soir-là. Il n'a pas mis longtemps à nous dire la vérité. Finalement, ce n'était pas un véritable ami : il n'avait pas envie d'être poursuivi pour faux témoignage. Alors, il nous a dit que vous aviez quitté la partie de poker vers vingt-deux heures. Je pense que l'audition des trois autres amis qui ont témoigné aboutira au même résultat : vous les avez quittés peu après vingt-deux heures, sous prétexte d'un violent mal de tête. Vous perdiez beaucoup, déjà. Vous avez sans doute voulu écourter votre calvaire.

— Mon calvaire ? balbutia Salomon auquel les subtilités de langage de l'adjudant avaient échappé.

— À vingt-deux heures trente, vous étiez près de Bergheim, où vous avez été flashé. De là, il vous fallait environ vingt minutes pour vous rendre à Oberwihrheim. Vous aviez donc tout le temps nécessaire pour assassiner Weberlé.

— Non, non, je vous jure, c'est pas moi, réussit à articuler Salomon, totalement effondré.

Pris d'une inspiration subite, Ledoux ajouta :

— Dites-moi, vous ne joueriez pas au golf par hasard ?

L'acheteur le regarda, l'air halluciné :

— Oui, je joue au golf. Pourquoi me demandez-vous cela ?

Ledoux insista :

— Les cannes de golf peuvent avoir des bouts en bois ou en fer, n'est-ce pas ?

— Ce ne sont pas des cannes, mais des clubs. Oui, il y a des fers et des bois, répondit Salomon, de plus en plus ahuri.

— Vous en avez dans le coffre de votre voiture ?

— Euh, oui, je crois…

— Bien. Nous verrons ça plus tard. Dans l'immédiat, je vous conseille de me dire toute la vérité si vous voulez éviter que je vous mène séance tenante devant le juge d'instruction qui vous inculpera de meurtre avec préméditation.

Apparemment dompté, Salomon se mit à répondre aux questions du gendarme avec docilité. Peu à peu, Ledoux saisit les tenants et les aboutissants de la querelle qui l'avait opposé à Weberlé. L'acheteur était venu voir le vigneron pour renégocier les termes du contrat qui le liait à la grande surface colmarienne : combien de bouteilles, quels crus allaient être mis en vente dans les rayonnages du grand magasin et à quel prix. Salomon était en position de force. C'est du moins ce qu'il croyait, et les vignerons, dont certains peinaient à vendre leur production, ne discutaient généralement pas ses conditions. Mais ce jour-là, Weberlé s'était rebiffé :

— Je veux la tête de gondole pour mon riesling et

mon crémant. Et pas à ton prix, mais au mien, c'est-à-dire vingt centimes de plus par bouteille. Et tu me prends cinq mille bouteilles de chaque.

— Vous êtes fou ?

— Oh non, je ne suis pas fou. Et toi non plus d'ailleurs. Tu ne voudrais sans doute pas que je raconte à ton patron comment tu carottes sur tes commissions avec certains de mes collègues ? Non, non, mon petit Patrick, je te tiens par les couilles. Alors, tu traites à mes conditions et puis, c'est tout.

À mesure que Patrick Salomon déroulait son récit, l'adjudant découvrait avec étonnement et un certain amusement ces mœurs commerciales un peu particulières :

— Vous préleviez donc votre quote-part sur certaines transactions, et Weberlé l'avait appris ? Je comprends, il fallait bien que vous remboursiez vos dettes de jeu. Car je sais maintenant que vous perdiez souvent… Vous aviez donc un mobile pour vous débarrasser de Weberlé ? Continuez, mon ami, vous êtes bien parti.

— Oui, j'ai peut-être pas été toujours honnête, mais je ne suis pas un assassin. Et puis Weberlé était bien pire que moi. Lui, c'était un vrai trafiquant !

— Ah, ah ! Racontez-moi donc ça !

En fait, le gendarme était parfaitement au courant des trafics supposés de Weberlé : l'article des *DN* l'avait alerté, et il en avait eu confirmation par la DGCCRF. Il écouta donc l'acheteur lui confirmer ce qu'il savait déjà.

Mais un doute le taraudait : contrairement à ce qu'il avait affirmé quelques minutes plus tôt, tout cela ne constituait pas un mobile très sérieux. Salomon aurait tué Weberlé parce que ce dernier, grâce à un petit chantage, avait eu le dessus dans une discussion commerciale ? Allons donc ! Il n'avait même pas menacé de révéler ses magouilles. À moins, bien sûr, que Salomon ne se soit affolé. Sa conduite incohérente, dans la soirée, prouvait en tout cas qu'il n'était pas dans son état normal.

— Donc, vous étiez furieux quand vous avez quitté Weberlé ?

— Oui, mais je savais déjà que bientôt je pourrais avoir son vin à mes conditions et pas aux siennes. Un copain qui travaille à la DGCCRF m'avait prévenu…

Tiens donc... La DGCCRF, avant même de préciser ses accusations, semblait avoir lancé des appâts un peu partout. Mais peut-être cherchait-elle des témoignages et de nouvelles preuves contre Weberlé avant de lancer son opération « vin propre » ?

— Vous étiez donc furieux. Et où êtes-vous allé ?

— Je suis rentré chez moi. J'ai mangé quelques petits trucs que m'avait préparés ma femme, puis je suis allé chez mon copain Marcel qui avait organisé une partie de *Texas hold'em* chez lui.

— Son adresse ?

— Place de Lattre, à Colmar. Au quatre, je crois.

— Là, vous avez joué au poker et vous vous êtes rapidement mis à perdre. Comme d'habitude, apparemment.

— Oui, à un moment, je perdais deux mille euros. J'étais toujours sous le coup de ma querelle avec Weberlé. Et j'avais mal à la tête. J'ai décidé d'arrêter.

— Et vos amis vous ont laissé partir comme ça ?

— J'étais perdant. Ils n'avaient aucun motif de me retenir. J'ai avalé deux comprimés de doliprane et je leur ai dit que je rentrais chez moi.

— Et vous êtes allé à Oberwihrheim…

— Mais non ! J'ai roulé sans savoir où j'allais… Je ne voulais pas rentrer à la maison et avouer à ma femme que j'avais perdu deux mille euros. Je me suis arrêté près de Sélestat. Mon mal de tête allait mieux et je me suis finalement endormi dans la voiture… Je me suis réveillé vers cinq heures et je suis rentré chez moi. C'est par la radio que j'ai appris que Weberlé était mort dans la nuit. J'ai paniqué, j'ai compris que j'allais être accusé et j'ai téléphoné à mes copains pour qu'ils disent que j'étais resté avec eux.

— Et ils ont tous marché ?

— Ben, je leur ai dit que c'était à cause de ma femme, que j'étais allé voir ma... copine.

L'adjudant savait déjà tout cela par l'ami de Salomon qui l'avait couvert en mentant comme un arracheur de dents. Plausible, mais… Faute de preuve décisive, il pouvait néanmoins essayer d'arracher des aveux à Salomon en le malmenant un peu :

— En somme, vous aviez un motif, vous n'avez pas d'alibi et si je fais analyser vos cannes... pardon vos clubs, il y a des chances pour que je trouve celui avec lequel vous avez assommé Weberlé…

... et la cabane s'écroula sur le chien. Au lieu de s'effondrer, Salomon se redressa brutalement sur sa chaise :

— Attendez, attendez. Je me souviens. Pendant que je dormais, quelqu'un est venu toquer à la vitre et m'a réveillé pour me demander si j'allais bien. Il m'a dit qu'il était policier municipal.

— Et vous vous souvenez de l'heure ?

— Je crois qu'il n'était pas loin de vingt-trois heures. Mais c'est à lui qu'il faudra demander : je me souviens qu'il m'a dit : « Vous avez vu l'heure ? »

L'adjudant commençait à se douter que son bel échafaudage allait être mis à mal et qu'après avoir perdu l'alibi qu'il s'était forgé, Salomon venait d'en retrouver un tout beau, tout neuf. Et sans le faire exprès. Tandis que l'acheteur s'éloignait après avoir été prié de « rester à la disposition de la justice », le gendarme se frottait pensivement le menton en se disant : *C'était trop beau,* nunndabuckel *!*

Schmitterlin approuva du chef : il compatissait.

## 14

— Germaine ? T'es où, Gégé ?

Pas de réponse. Germaine n'avait sans doute pas entendu Léopoldine toquer à la porte d'entrée. Ou ne voulait pas entendre.

*Non, mais, qu'est-ce qu'elle me fait là ? Ça fait deux minutes que je frappe et elle ne m'a toujours pas ouvert. Qu'est-ce qu'elle me cache ? Ah oui, bien sûr...*

Oubliant ses bonnes manières, Léopoldine poussa la porte d'entrée qui n'était pas fermée, se glissa silencieusement dans le corridor jusqu'à la porte de l'espèce de bureau-réduit qui servait de range-tout à Germaine Gruber et dans lequel elle savait que la femme du maire taquinait la muse. C'était une pièce obscure dont le mobilier se composait essentiellement de deux fauteuils fatigués et d'une petite table qui faisait office de bureau et qui sentait la confiture, le vieux bois et l'encaustique. C'était là que les deux commères se réfugiaient pour échanger leurs petits secrets, en grignotant quelques *bredala*[1] maison qu'elles n'hésitaient pas à tremper, à l'occasion, dans un marc de

1. Petits gâteaux.

gewürtz, le même *schnaps* qui servait à Léopoldine à initier le jeune Waldo aux canards. Pardonnons-lui, c'était son seul vice.

Et puis, dans cet antre, les deux femmes savaient être à l'abri de toutes les oreilles indiscrètes, car le maire ne mettait jamais les pieds dans cette pièce qu'il avait baptisée « le gourbi de mon épouse », la tenant sans doute pour indigne de sa qualité d'édile. Lorsqu'il recevait, lui, c'était dans son bureau Louis-Philippe ou supposé tel, où une bibliothèque en acajou, couvrant tout un mur, exposait fièrement à l'œil du visiteur des livres superbement reliés qu'il avait achetés au mètre et qu'il s'était imprudemment promis de lire un jour, quand ses fonctions le lui permettraient. On ne pouvait effectivement qu'être impressionné par les ouvrages qui s'étalaient par ordre alphabétique, d'Aristote à Zweig, en passant par Diderot, Flaubert, Maupassant et Spinoza. Il y avait même quelques ouvrages du père Hugo, celui-là même qui écrivait : *Il y a des gens qui ont des bibliothèques comme les eunuques ont un harem.*

Son époux étant en réunion à Colmar et ayant prévu d'y rester dîner, Léopoldine étant occupée au bureau de poste, Germaine avait pensé pouvoir se livrer dans l'anonymat le plus total à ses occupations intimes au cours de cet après-midi. Elle avait sans doute oublié que le bureau de poste était fermé ce jour-là, et Léopoldine, tout en tournant le pêne de la porte, savait déjà ce qu'elle allait découvrir. Elle ne fut pas déçue : par terre s'étalaient des morceaux de journaux découpés tandis que

Germaine refermait à la hâte un tiroir. Et elle avait des gants !

Fidèle à son personnage et à son comportement de poule effarouchée dès qu'une émotion un peu vive s'emparait d'elle, Germaine se mit à glousser lorsqu'elle se vit découverte.

— Alors, c'est pour ça que tu ne voulais pas m'ouvrir ? s'amusa Léopoldine tandis que l'épouse du maire qui n'arrivait toujours pas à parler intelligiblement s'exprimait par onomatopées, faisant alterner des « hou » et des « rrou » tout en s'agitant de façon désordonnée pour effacer les traces de son occupation.

— Quand tu auras fini, tu m'expliqueras pourquoi tu portes des gants.

Gégé retrouva la parole et dit ingénument :

— Mais c'est à cause des empreintes digitales !

Réalisant qu'elle venait d'avouer par là même la nature de ses activités, elle repartit dans une série ininterrompue de « hou », de « rrou » et autres exclamations aviaires.

— Te fatigue pas, Gégé, j'avais déjà compris qui était le corbeau. Mais je trouve que tu n'as vraiment pas fait un gros effort. Ni sur le fond ni sur la forme : on dirait les paroles d'un morceau de rap.

— Rrou ?

— Bon, ça va comme ça. C'est vrai que tes rimes s'améliorent : « cœur » avec « acheteur », « dispute » avec « occiput », « pas » avec « trépas ». Mais il faudrait peut-être aussi que tes vers fassent le même nombre de pieds. Tu comptes sur tes doigts ?

— Oui.

— Eh bien, tu comptes mal. Et puis, ce n'est pas la peine de faire des vers pour raconter ce que tout le monde sait déjà.

— Mais j'ai été publiée dans les journaux !

— Oui, c'était l'occasion de ta vie.

Brusquement, ce fut l'illumination dans la tête de Léopoldine. Depuis un certain temps, elle portait en elle le remords de ne pas avoir averti l'adjudant Ledoux de tous les menus détails qu'elle connaissait et qui auraient pu faire avancer l'enquête. Oh ! le remords n'était pas bien grand, mais elle savait que malgré ses prières à la Sainte Vierge, elle n'avait pas mérité l'absolution. Et puis, même si elle s'estimait capable, mieux que Ledoux, d'identifier l'assassin, elle tenait là l'occasion de se montrer tout à la fois bonne citoyenne et d'aider cette pauvre vieille Germaine à croasser.

— Gégé, prends un crayon !

— Rrou ?

— Prends un crayon, je te dis. Écris : *Peu avant sa mort, Weberlé se trouvait dans le cimetière. Et il n'était pas seul.* Maintenant, tu me mets ça en musique, je veux dire tu trousses un poème et tu envoies le tout aux *DN*, à l'attention de Jérémie Mathieu. Je l'aime bien, ce petit gars.

— T'es sûre de ce que tu dis, Léopoldine ?

— Sûre. Et soigne bien les rimes et le nombre de pieds.

Et voilà comme on apaise sa conscience à peu de frais : après avoir caché aux autorités judiciaires des éléments pouvant faire avancer l'enquête, Léopoldine rejoignait la communauté des corbeaux. Elle estima que ça valait bien une petite compensation :

— Alors, Gégé, tu nous le sers, ce petit marc ? Et tes *bredala*, où sont-ils ? Mais enlève tes gants d'abord !

Une demi-heure plus tard, lestée de *bredala*, ayant apprécié en connaisseuse les arômes et la finesse du marc de gewürtz que Germaine tenait d'un sien cousin, bouilleur de cru expert quoique clandestin, et ayant abandonné sa commère à la confection laborieuse de ses nouveaux bouts rimés, Léopoldine s'en alla vers le second rendez-vous qu'elle s'était fixé. Pour arriver à ses fins, elle allait maintenant devoir faire preuve de doigté : la directrice d'école était d'un autre calibre que la pauvre Germaine.

— Bonjour, Marie, je ne vous dérange pas ?

Il était dix-sept heures, les écoliers étaient rentrés chez eux, mais Marie Morris, comme à son habitude, était encore à son bureau.

— Écoutez, Léopoldine, j'ai encore un coup de fil à passer au rectorat. Une nouvelle stagiaire doit arriver demain et je n'en sais toujours pas plus. Vous pouvez attendre quelques instants ?

Les quelques instants furent très brefs. Il était dix-sept heures une : le rectorat ne répondait plus. La directrice leva fugacement les yeux au ciel. Léopoldine crut pouvoir en profiter pour glisser une pointe de flatterie teintée d'humour :

— Eh oui, il n'y a que vous qui fassiez des heures supplémentaires à l'Éducation nationale.

L'enseignante apprécia modérément et fit une légère grimace. Léopoldine décida alors de mettre cartes sur table :

— Je viens vous voir à propos de la mort de Weberlé. Vous savez que je récolte pas mal d'informations au bureau de poste. Et j'en ai également par le journaliste des *DN*. Il m'a dit qu'il pensait que c'était votre mari qui avait écrit cet article dans *Histoires vraies*.

De nouveau, Marie Morris leva les yeux au ciel. Mais pour d'autres raisons cette fois…

— Hélas, oui. Richard Heydrich, c'est lui. Mais ce n'est pas la peine de l'ébruiter. Je sais que vous avez les oreilles grandes ouvertes, Léopoldine, mais que vous savez également garder pour vous ce qu'on vous confie.

— Je ne ferai rien qui puisse vous déplaire, assura la postière. Vous savez que je vous aime bien et que je vous estime. Et, si j'en crois le petit Waldo, les enfants vous aiment bien aussi. Mais il faut tout de même que je vous pose cette question : Évariste affirme que Weberlé se promenait souvent la nuit en se cachant. Mais il n'en donne pas la raison. Moi, je crois savoir pourquoi, mais est-ce que votre mari le sait, lui ?

Marie se mordit la lèvre et ferma les yeux un instant. Depuis plusieurs jours, elle savait qu'à un moment ou un autre, elle aurait à affronter ce genre de situation. Elle pensait que l'adjudant serait le premier à venir la voir. Mais non, c'était Léopoldine. Elle décida de se jeter à l'eau :

— Non, mon mari n'en sait pas plus. Ou plutôt, n'en savait pas plus. Jusqu'à ce fameux soir…

— Vous voulez dire le soir du meurtre ?

— Oui, je l'ai questionné. Il est rentré bien plus tard que d'habitude ce soir-là et m'a dit avoir vu une fois de plus Weberlé raser les murs près de chez nous, et c'est tout. J'ai eu l'impression qu'il me cachait quelque chose. Depuis, nous n'en avons jamais reparlé.

— Pardonnez-moi d'insister. Est-ce que vous pensez qu'Évariste ait pu… ?

— … tuer Weberlé ? Non, je ne crois pas qu'il soit le meurtrier. Je connais ses défauts, et ils sont nombreux. Je sais même qu'il a une maîtresse à Ingersheim… Il est fanfaron, grande gueule, il croit tout savoir. Mais ce n'est pas un violent. Sauf quand il boit. Mais ce soir-là, il n'avait pas bu.

— Vous en êtes sûre ?

— Absolument sûre ? Non. Il avait l'air drôle. Mais pas ivre.

— Peut-être l'adjudant ne sera-t-il pas du même avis s'il apprend que…

Jusqu'à présent, Léopoldine et Marie avaient tourné autour du pot, aucune des deux n'ayant abordé de front la raison pour laquelle Évariste aurait pu se transformer en meurtrier. Chacune savait que l'autre savait. Mais pour des raisons que l'on devinera, et qui n'étaient évidemment pas les mêmes pour chacune, elles avaient évité d'évoquer le voyeurisme de Weberlé... et son objet. Ce fut Marie qui décida, la première, de briser le tabou :

— S'il apprend que Weberlé m'épiait depuis le cimetière quand je me déshabillais le soir ? Évidemment, si mon mari l'a surpris, ça a dû faire du vilain… Mais de là à l'assassiner...

— Vous savez, il faut que je vous dise quelque chose. J'ai vu le meurtrier en rêve.

— Ne me dites pas que vous avez reconnu mon mari ?

— Non, non. J'ai vu une ombre. Et cette ombre brandissait une batte de base-ball.

— Et mon mari joue au base-ball. De là à en conclure…

— Je n'ai rien conclu. Et puis ce n'est qu'un rêve…

— Et moi, je ne crois pas à ce genre de rêve, Léopoldine.

— Moi non plus, mais avouez que c'est étrange… Vous pourriez peut-être en avoir le cœur net.

— Ah oui, comment ?

— Vous savez où Évariste met ses battes ?

— Oui, bien sûr. Comme ses affaires de base-ball traînaient partout dans la maison, je lui ai demandé de les ranger quelque part. Et maintenant, elles sont dans un petit appentis, à la mairie. Oh ! mais je vois où vous voulez en venir, Léopoldine…

La postière eut un petit rire satisfait. Elle avait enfin amené son interlocutrice là où elle voulait.

— Il vous suffirait de voir s'il manque une batte... ou si l'une des deux porte des traces.

Mais la directrice ne se laissa pas prendre sans vert. Elle contra sèchement :

— Et cela ne prouverait rien. Vous savez bien que cette mairie est un vrai moulin : tout le monde y entre et en sort sans rien demander à personne. Et cet appentis n'est pas fermé à clef. Par ailleurs, vous croyez vraiment, si mon mari était le meurtrier, qu'il n'aurait pas nettoyé soigneusement la batte, après ?

Léopoldine se mordit les lèvres : elle devait bien admettre qu'il y avait eu un léger court-circuit dans ses petites cellules grises. Mais elle avait néanmoins instillé le doute dans l'esprit de la directrice.

— Vous irez quand même voir dans l'appentis ?

— Bien sûr que j'irai. Et pas plus tard que tout de suite. J'ai les clés de la mairie. Mon mari est parti avec le maire à Colmar. Vous venez avec moi ! Comme ça, miss Sherlock Holmes, vous pourrez tout constater par vous-même.

— Pas miss Sherlock Holmes, s'il vous plaît. Je préférerais que vous m'appeliez miss Marple.

# 15

Le meurtrier était là. Forcément là. En vertu de l'adage qui veut que l'assassin revienne toujours sur les lieux de son crime, celui (ou celle, sait-on jamais) qui avait occis Weberlé devait se trouver dans l'assistance qui se pressait ce vendredi 27 avril au cimetière d'Oberwihrheim pour l'enterrement du premier adjoint au maire. Ils étaient au moins trois à s'en être fait la remarque : l'adjudant Ledoux, qui n'était pas absolument convaincu du bien-fondé du dicton, mais qui n'en observait pas moins, l'un après l'autre, tous les assistants, Léopoldine qui avait lu cette phrase tant de fois dans les polars qu'elle dévorait qu'elle avait fini par y croire, et Jérémie Mathieu qui supputait la façon dont il pourrait introduire la phrase dans l'article qu'il allait écrire. Schmitterlin, lui, fronçait les sourcils : il pensait.

Il y avait donc une centaine de suspects cet après-midi-là dans le cimetière. Ce qui, compte tenu de la notoriété du défunt, ne faisait finalement pas grand monde. Il y avait ceux, les moins nombreux, mais les plus légitimes, qui étaient venus parce qu'ils faisaient partie de la famille ou qu'ils regrettaient le disparu pour des raisons d'eux seuls connues. Il y avait également ceux qui se sentaient tenus, par leur fonction, de faire acte de présence, quelle que soit l'opinion qu'ils aient eue de Weberlé : ceux-là vérifieraient, le lendemain, dans les gazettes locales, que leur nom figurait en bonne place parmi les « personnalités présentes ». Il y avait enfin les journalistes et les curieux qui, professionnellement ou à titre individuel, étaient venus renifler l'odeur du sang et du scandale. Car si les occupations nocturnes de Weberlé n'étaient connues que d'un cercle restreint d'initiés, ses magouilles et ses trafics étaient maintenant de notoriété publique.

Pour l'occasion, Marius Gruber avait troussé un discours qui, pensait-il, resterait dans les annales. L'amphigouri le disputait au sentencieux, et l'allégorie flirtait avec les fleurs de rhétorique : à en croire les passages compréhensibles du plus grand nombre, le défunt se situait, de son vivant, quelque part entre le Mahatma Gandhi et Mère Teresa. Le curé Brumm, qui avait auparavant célébré la messe de funérailles, avait été nettement plus sobre. Ayant dû pallier d'urgence la défection du recteur de la collégiale de Colmar, vague cousin de Weberlé, qui, pressenti pour célébrer la messe, avait argué d'une cholécystite aiguë pour éviter de frotter sa soutane à ce douteux parent, il s'était contenté du service minimum, demandant à l'assemblée de « prier pour le défunt ». On aurait presque pu l'entendre ajouter « car il en avait bien besoin ».

Pour l'heure, cérémonie terminée, et, alors que la foule s'écoulait lentement, Jérémie avait pris à part l'adjudant :

— Il faudrait que je vous voie un instant pour vous remettre quelque chose.

— Une autre lettre anonyme peut-être ? ironisa Ledoux.

— Précisément.

— Bon, venez à la mairie.

Se tournant brusquement, l'adjudant s'adressa à Léopoldine qui se trouvait comme par hasard derrière les deux hommes et feignait d'observer le clocher de l'église ou ce qui en tenait lieu :

— Et si avez quelques minutes, madame, pardon mademoiselle, j'aimerais également vous dire deux mots.

— Émouvante cérémonie, n'est-ce pas ? dit l'adjudant une fois qu'ils furent réunis dans son QG.

Jérémie et Léopoldine le regardèrent l'air consterné : le gendarme avait décidément un curieux sens de l'humour. Il insista néanmoins :

— Vous n'avez pas aimé le discours du maire ? Bon, passons à autre chose. Vous vouliez me donner quelque chose, monsieur Mathieu ?

— Nous avons reçu une autre lettre du corbeau. Elle sera publiée demain. Je vous l'ai apportée. La voici.

Il tendit à Ledoux une pochette en plastique transparent contenant quelques feuillets :

— Pour éviter qu'il y ait trop d'empreintes. Peut-être pourrez-vous en tirer quelque chose.

— Oh ! vous savez, l'analyse des deux premières n'a rien donné. Le corbeau connaît son affaire.

Néanmoins, Ledoux prit des gants pour lire les dernières œuvres du corvidé. Léopoldine, qui n'avait pas revu Germaine depuis deux jours, était évidemment curieuse de savoir comment sa protégée s'en était tirée. Elle ne fut pas déçue.

— ***Un quart d'heure avant sa mort – Weberlé vivait encore***. Eh bien, dis donc, il s'est surpassé, notre corbeau. Ah ! mais il y a une suite. Voyons : ***Dans le cimetière il se trouvait – Et l'assassin le menaçait***. Ah ! mais, ça change tout, ça. Si notre informateur dit vrai, cela signifie…

Il se tut, songeant à ce que lui avait dit le spécialiste du labo : le coup porté avec un objet manufacturé l'avait été bien avant la mort effective de Weberlé : donc, sans doute dans le cimetière…

— Cela signifie quoi ? questionna Jérémie.

— Que Weberlé a été frappé dans le cimetière et qu'il s'est probablement réfugié dans le confessionnal, peut-être pour échapper à son agresseur. Je fais un point-presse demain, mais autant vous le dire tout de suite : la mort de Weberlé est survenue plusieurs minutes après le coup.

— Le coup de quoi ?

Léopoldine, muette jusque-là, venait mettre son grain de sel. Et l'adjudant se retourna vers elle, l'air mi-figue, mi-raisin :

— Tiens, miss longues oreilles vient de poser une question. Très bien, je vais vous répondre. Mais vous aussi, vous avez des choses à me dire. C'est même pour cette raison je souhaitais vous voir.

Se demandant si elle devait se sentir offusquée de cette allusion directe à ses capacités d'écoute, la postière prit finalement le parti d'en sourire.

— C'est vrai qu'on se confie souvent à moi.

— Oui, mais lorsqu'il s'agit d'une enquête judiciaire, vous êtes censée ne pas garder vos informations pour vous. Article 434-4 du Code pénal : la dissimulation de preuves est passible de trois à cinq ans d'emprisonnement.

— Mais je n'ai pas dissimulé de preuves !

— Peut-être pas. Mais vous menez votre petite enquête de votre côté et vous apprenez des choses que vous gardez pour vous. Par exemple que Weberlé truquait sa comptabilité.

Léopoldine tenta de résister :

— Mais tout le monde le sait !

— Oui, mais tout le monde n'a pas mis le nez dans ses papiers… Ne niez pas. La fille de Weberlé ne s'est pas confiée qu'à vous : elle nous a dit qu'elle avait retrouvé la comptabilité cachée de son père. Et aussi qu'elle vous en avait parlé, mademoiselle.

— Euh…

— Écoutez, *nunndabuckel*, je ne vais pas vous mettre en prison. Je veux simplement avancer dans mon enquête. Je sais bien que vous adorez jouer à Sherlock Holmes, mais…

Léopoldine ne put s'empêcher d'interrompre le gendarme :

— Pas Sherlock Holmes, miss Marple.

— Qui c'est, celle-là ?

— Un détective femme créé par Agatha Christie. Plus futée, à mon avis, qu'Hercule Poirot. Vous ne connaissez pas ?

— Ma foi, non.

— Vous devriez lire *Le major parlait trop.* C'est mon préféré.

Malgré lui, Ledoux était amusé.

— Bien, miss Marple. Tenez, je vais faire un marché avec vous. Vous me dites ce que vous savez et moi, je vous dis également où en est l'enquête. À condition évidemment que vous n'alliez pas tout répéter. Et que vous ne m'appeliez pas major.

— D'accord, mon capitaine, conclut Léopoldine qui n'avait pas perdu son sens de la repartie.

Le journaliste était resté silencieux, mais n'avait rien perdu de l'échange. Il venait même de mettre en route, discrètement, son enregistreur miniature : la pêche aux infos risquait d'être bonne…

Ce qu'il ne savait pas, c'est qu'il allait assister à un marché de dupes. Ledoux était fermement résolu à ne rien révéler de plus que ce qu'il allait dire le lendemain au point-presse. Quant à l'émule de miss Marple, persuadée de savoir déjà par Schmitterlin ce que Ledoux allait lui dire, elle avait décidé de ne lâcher que ce qui était de notoriété publique, ou presque. C'était à qui jouerait au plus malin.

Le gendarme prit la main :

— Bon, je vais d'abord répondre à votre question. Weberlé a reçu un coup porté par un objet au bout arrondi en bois. Peut-être une canne de golf.

— On dit un club, non ? objecta Léopoldine.

— Exact, miss Marple, répondit l'adjudant en omettant de préciser que Salomon jouait au golf, mais que l'examen de ses clubs n'avait rien révélé de spécial. À vous.

*T'as tout faux, ce n'est pas un club de golf.*

— Vous savez qu'une semaine avant le crime, j'ai découvert dans le confessionnal un... objet souillé.

— Vous en connaissez le nom, mais vous avez peur de vous en servir ? s'amusa Ledoux. C'est un préservatif. Et alors ?

— Eh bien, je sais qui l'a utilisé. Mais je ne veux pas que son nom soit rendu public.

— Promis. Je le garderai pour moi si la personne en question n'a rien à voir dans le meurtre.

— Certainement pas. C'est la petite Héloïse, ma nièce, la jeune sœur de Constantin Fuchs. À vous.

*Aucun intérêt pour l'enquête. Tu vas continuer à me lanterner longtemps ?*

— Oui, elle n'était certainement pas seule. Mais c'est vrai que je l'ignorais. Bon, je crois que c'est à mon tour. Le meurtre a eu lieu à peu près à vingt-trois heures.

— Dites, mon capitaine, vous vous moquez de moi ? C'était dans le journal depuis une semaine. Trouvez autre chose…

Ledoux fit semblant de fouiller dans sa mémoire :

— Salomon a été mis définitivement hors de cause. À l'heure du crime, il dormait dans sa voiture à Sélestat et un policier municipal a vérifié son identité. À vous.

*Je sais : il s'est fait flasher à Bergheim. Et tu nous avais dit d'abord qu'il jouait au poker chez des amis. À mon tour : voici de quoi t'allécher un peu.*

— Weberlé était un voyeur. Quand il se promenait la nuit, c'était pour épier les femmes. À vous.

*Si tu crois m'apprendre quelque chose... Tiens, deux infos pour le prix d'une.*

— Céline, la fille de Weberlé, connaissait les « penchants » de son père. Elle m'en a parlé. Ça pourrait être le mobile du crime si quelqu'un l'a surpris. Une dernière chose : le coup de fil au maire a été passé par Weberlé lui-même.

*Que du vieux, du ressassé... Maintenant, je vais te dire quelque chose de vraiment important. Mais de toute façon, tu l'aurais appris dans la journée puisque la directrice d'école voulait t'en parler...*

— Je pense que ce n'est pas un club de golf qui a tué Weberlé, mais une batte de base-ball. Une batte comme celles qui se trouvent dans un appentis de la mairie et qui appartiennent à Évariste Hittler.

*Et puis, tu sais, j'ai déjà vérifié avec Marie. Aucune des deux battes ne manque. Et elles sont propres et nettes. Si l'une a servi à tuer Weberlé, tu n'en sauras jamais rien.*

Ce en quoi Léopoldine se trompait.

# 16

C'était un drôle de paroissien que l'homme qui se tenait debout devant l'adjudant. Un torse de déménageur surmontant deux jambes courtes et épaisses, le tout enveloppé d'une salopette informe et surmonté d'une tête carrée au crâne rasé, bosselé et aux traits vaguement mongoloïdes ; il affichait l'air de celui qu'on a dérangé dans ses occupations et qui consent à vous accorder quelques minutes avant de se remettre à l'ouvrage. Jusqu'à présent, il n'avait répondu aux questions que par des grognements inintelligibles.

— Mais enfin, vous parlez français, non ? Et vous comprenez ce que je dis ?

— *Io, a béssala*[1].

L'adjudant se tourna vers Schmitterlin, assis dans le fond de la pièce, qui n'avait dit mot jusqu'à présent : le sous-brigadier, le regard rivé sur son smartphone, les pouces en bataille, voguait vers d'autres aventures.

— Schmitterlin !

1. Oui, un peu.

Le gros gendarme sursauta, mit deux secondes à émerger de son jeu et réussit à articuler :

— Mande pardon, chef ?

— Que vient de dire cet homme ?

— Sais pas, chef, j'ai pas entendu.

— Vous parlez alsacien, non ? Pas moi. Je viens de demander à ce monsieur s'il parlait français. Et je n'ai pas compris ce qu'il m'a répondu.

— Oh ! c'est pas la peine, chef. Le Nesti, il comprend le français quand il veut bien. Mais il répond toujours en alsacien. Et il parle pas beaucoup.

— M'enfin, *nunndabuckel*, vous auriez pu me le dire quand vous me l'avez amené.

— M'avez pas demandé, chef.

L'adjudant eut un profond soupir, croisa les mains pour leur éviter des gestes inconvenants et, posément, articula :

— Faites-moi plaisir, brigadier. Mettez votre bidule dans votre poche. Vous allez me servir d'interprète.

— Bien sûr, chef.

Ravi de cette promotion inattendue, Schmitterlin regarda l'adjudant avec l'air d'un bon toutou soucieux de faire plaisir à son maître.

Ernest Reibel, dit Nesti, ouvrier municipal à Oberwihrheim, avait suivi l'échange des deux gendarmes sans manifester grand intérêt. D'ailleurs, il n'avait pas tout compris. Et puis, les deux gendarmes pouvaient bien chanter *La Traviata*, il s'en tamponnait le coquillard. Tout ce qui lui importait, c'est qu'il puisse terminer son travail rapidement : il lui fallait finir de réparer avant ce soir la clôture du pré attenant à la maison du deuxième adjoint dont l'âne s'échappait régulièrement pour aller retrouver l'élue de son cœur, à l'autre bout du village, et lui manifester ses sentiments et son ardeur. Ça, c'était autrement important que de bavarder avec des gendarmes. S'il n'avait pas vu le galon sur l'épaule du chef, il y a longtemps qu'il l'aurait envoyé balader. Mais pour Nesti, qui avait quitté l'armée quelque vingt années plus tôt avec le grade de caporal, le galon, c'était l'homme : quiconque en portait avait droit à son respect et son obéissance. Il en venait à regretter que le maire et le secrétaire de mairie, ces deux puissances tutélaires, n'en portassent point. Il leur aurait été d'autant plus dévoué.

Mais pour l'heure il songeait essentiellement à terminer sa clôture pour pouvoir rentrer chez lui, dans sa petite maison adossée au bois et se livrer à son occupation favorite : écouter les disques de Johnny sur sa chaîne stéréo. Nesti était un adepte de la musique haut de gamme à l'ancienne : il s'était construit une chambre d'écoute insonorisée, s'était payé de gigantesques enceintes en bois et une platine Elipson et ne jurait que par le vinyle. Des CD ou du MP3 ? Pas de ça chez lui. C'était bon pour les petits jeunes et leur drôle de musique. Mais on ne pouvait écouter de la vraie musique, c'est-à-dire Johnny Hallyday, qu'en 33 tours. Et il les avait tous, les vinyles de « Tchonni » !

En attendant, il aurait bien aimé en finir avec cet interrogatoire auquel il ne comprenait rien. Pourquoi cette andouille de Schmitterlin l'avait-il amené ici ? Au moins parlait-il alsacien, lui...

— Le chef veut savoir si t'as rangé ou réparé des trucs à la mairie, Nesti, ces derniers jours.

— C'est tous les jours que je range ou que je répare des trucs. Si j'étais pas là, la mairie serait dans un drôle d'état.

C'était l'une des fiertés de Nesti : contrairement à sa maison où tout était délabré, chambre d'écoute exceptée, la mairie était dans un état auquel personne n'aurait pu trouver à redire. Les chemins de la commune étaient entretenus, les géraniums mis en place et enlevés quand il le fallait, les arbres taillés. Grâce à qui ? Grâce à Nesti, le mec plus ultra des employés municipaux.

S'il se trouvait cet après-midi-là devant l'adjudant Ledoux, c'était pour une raison précise. Lorsque, la veille, Léopoldine lui avait parlé des battes d'Évariste Hittler, le gendarme s'était souvenu que le technicien du labo avait déjà parlé de battes : on avait peut-être enfin trouvé l'arme du crime. Et bien que la postière lui ait affirmé que les battes étaient « propres et nettes », il avait tenu à s'en assurer lui-même. Mais dans l'appentis, il n'y avait plus de battes. Ledoux s'était tourné vers Léopoldine :

— Alors ?

— Alors, je ne comprends pas. Elles y étaient quand nous sommes venues, Marie et moi. Mais de toute façon, comme je vous l'ai dit, il n'y avait aucune trace dessus.

— Ça, c'est vous qui le dites, mademoiselle. Toute miss Marple que vous soyez, vous ignorez sans doute l'existence d'empreintes digitales et de traces d'ADN. Si vous m'en aviez parlé tout de suite, on aurait au moins pu vérifier. Mais là…

Confuse, la postière avait bien dû s'avouer qu'en l'occurrence, ses petites cellules grises avaient connu une légère défaillance. À force de vouloir résoudre l'énigme par elle-même, elle en avait oublié qu'elle ne disposait pas des mêmes moyens d'investigation que les enquêteurs officiels.

— C'est peut-être Évariste qui les a reprises. Il avait sans doute un match, avait-elle réussi à bafouiller.

— Bon, on va aller voir chez lui. Il doit y être, à cette heure-ci.

Mais le secrétaire de mairie n'était pas à son domicile. Son épouse, en revanche, s'y trouvait, et elle avait confirmé, avec une certaine réticence, à Ledoux les dires de Léopoldine : oui, elles avaient toutes les deux vérifié que les battes se trouvaient dans l'appentis. Et oui, elles étaient vierges de toutes traces. Mais non, Évariste ne s'était pas servi de ses battes depuis leur visite. Ni pour un match ni pour s'entraîner.

Le trio était sur le chemin du retour lorsqu'un bolide, dérapant dans un virage, était venu se jeter dans les pieds du gendarme. C'était le jeune Waldo, dont le BMX venait d'échapper au contrôle de son propriétaire.

— Alors, jeune homme, on joue les kamikazes ?

— Vous y connaissez rien ! J'suis pas un kamikaze, j'suis un ninja. C'est plus cool.

— Et tu n'es pas à l'école ?

— Mais c'est fini, l'école, avait objecté l'apprenti cascadeur.

— Ce n'est pas une raison pour renverser les gens.

— J'ai renversé personne. Vous êtes un général ou un colonel ?

Léopoldine avait ébauché un sourire : Ledoux aurait décidément droit à tous les grades.

— Dans dix minutes, je serai chez moi, avait-elle dit au gamin. Tu viendras faire tes devoirs. En attendant, excuse-toi auprès du monsieur.

— Je m'excuse, monsieur. Mais vous êtes qui ?

— Je suis l'adjudant Ledoux. C'est moi qui mène l'enquête sur la mort de monsieur Weberlé.

Waldo, impressionné, avait lâché :

— Alors, c'est vous le grand chef de cette andouille de Schmitterlin ? Ouahh ! Et vous allez foutre l'acheteur du supermarché en prison ?

— Dis donc, t'en sais des choses, toi ! Non, je ne vais pas mettre l'acheteur en prison.

— Mais pas le Nesti, au moins ?

— C'est qui le Nesti ?

— Ouah ! l'autre. Il connaît pas le Nesti ! C'est mon copain, le Nesti. C'est chez lui que je vais écouter Johnny. C'est lui que le Weberlé voulait jeter…

De fil en aiguille, l'adjudant, que la faconde du gamin amusait, avait appris que Nesti avait failli être délogé de sa masure par Weberlé quelques semaines plus tôt et que, depuis, les relations entre les deux hommes étaient tout sauf cordiales. Ce que Léopoldine s'était empressée de confirmer, apparemment décidée à collaborer désormais sans réticence avec la justice.

Et Léopoldine de raconter. Tout avait commencé un peu après Noël lorsqu'avisant Nesti en train de déneiger devant la mairie, Weberlé lui avait dit : « Quand t'auras fini, Nesti, tu viendras me voir. Il faut que tu repeignes la façade de mon magasin. » L'ouvrier municipal, qui avait pour habitude de ne recevoir d'ordres que du maire et du secrétaire de mairie, avait posé sa pelle, considéré un instant son interlocuteur et articulé posément : « Ça, c'est au maire de me le demander, pas à vous. » Habitué à être obéi sans discussion, Weberlé avait alors répondu, non moins posément : « C'est bien, on va te foutre à la porte de ta maison. »

La scène avait eu des témoins et, bientôt, tout le village s'était mis à bruire, les uns, les plus nombreux, prenant le parti de Nesti, les autres s'indignant de son refus face à l'adjoint, d'autant que le Nesti paradait dans le village en répétant, très fier de sa trouvaille : « Je lui repeindrai sa boutique quand les cigognes auront des dents. »

Au conseil municipal suivant, Weberlé avait tout bonnement demandé à ce qu'on expulse Nesti de sa maison : elle appartenait à la commune et Nesti n'avait jamais payé de loyer. La suite était digne de Clochemerle : le conseil municipal s'était scindé en deux clans et les noms d'oiseau avaient fusé. L'adjoint à la culture avait accusé Weberlé de manœuvres staliniennes et s'était en retour fait traiter de « petit Goebbels ». Deux conseillers, les viticulteurs Gustave Meyer et Alphonse Muller, en avaient profité pour régler leurs différends viticoles à coups de poing et de gifle. Mais force était restée au maire qui avait décidé, appuyé par la majorité, que Nesti continuerait à habiter sa maison tout en payant un loyer symbolique que lui, Marius Gruber, compenserait en attribuant une augmentation à l'ouvrier communal. Le lendemain, *Les DN* et *L'Alsace* avaient pieusement rendu compte de la séance en parlant d'une « réunion animée ».

Quand le Nesti avait appris le contenu et le résultat des délibérations, il avait commencé par se rendre chez le maire pour lui offrir un disque de « Tchonni », ce qui constituait, de sa part, une marque suprême de reconnaissance (heureusement, il avait le disque en double) ; puis il était allé toquer à l'huis de Weberlé. Lorsque celui-ci était venu ouvrir, le Nesti avait commencé par cracher sur le paillasson, puis il avait dit posément : « *Ich sorig dafier dass du de bettsaicher fun unde leusch* » avant de lui tourner le dos et de repartir de son pas placide, laissant l'adjoint interloqué sur le pas de sa porte.

Lorsque Léopoldine avait achevé son récit, Ledoux avait tourné vers elle un regard dubitatif :

— Et ça veut dire quoi, la citation en alsacien de Nesti ?

— Vous voulez du mot à mot ou la signification exacte ?

— Donnez-moi les deux.

— Au mot à mot, ça veut dire : « Je m'arrangerai pour que tu regardes les pissenlits par en dessous » et…

— Pas la peine de continuer. C'est parfaitement clair. Encore quelque chose que vous m'aviez caché, mademoiselle.

La vieille fille s'était mise à regimber. Cette fois, elle se sentait la conscience parfaitement tranquille.

— C'est une histoire que tout le monde connaît depuis longtemps. Votre and…, votre gendarme Schmitterlin est parfaitement au courant et il ne vous a rien dit. Si je devais vous parler de tous les gens qui ne s'aiment pas dans le village, il me faudrait la semaine. Et puis, le Nesti est un brave homme qui ne ferait de mal à personne. Vous l'avez vu, non ?

— Eh bien, non, justement, je ne l'ai pas encore vu. Il me semble que vous le mettez trop facilement hors de cause : il a quand même menacé Weberlé de mort. Et puis, en tant qu'ouvrier municipal, il a accès librement à la mairie. Peut-être pourra-t-il nous dire, lui, où sont ces battes qui ont mystérieusement disparu.

Et voilà pourquoi Ernest Reibel, dit Nesti, se tenait maintenant face aux deux gendarmes, quasiment au garde-à-vous, mais impatient de reprendre son ouvrage.

— Vous allez nous mener à l'appentis où monsieur Hittler rangeait ses battes de base-ball.

— Monsieur Hittler ? Vous voulez dire monsieur Adolf ?

— Adolf, si vous voulez. Mais son prénom, c'est Évariste.

— Moi, je l'appelle monsieur Adolf. Un bien brave homme. Mais ses battes ne sont plus là. Je les ai rangées ailleurs.

— Eh bien, vous allez nous montrer où elles sont maintenant.

— Vous comprenez, expliqua Nesti chemin faisant, le maire m'a demandé de faire des rayonnages dans l'appentis pour ranger des dossiers. Alors, j'ai enlevé les battes et je les ai mises dans le petit réduit sous l'escalier. Voyez, c'est là.

Et Nesti, après avoir ouvert la petite porte du réduit, invita les deux gendarmes à regarder de plus près.

Ils eurent beau écarquiller les yeux : il n'y avait plus qu'une batte. Celle en aluminium.

# 17

Des deux gendarmes, on ne sait lequel fut le plus prompt à s'exclamer. Il semble bien que c'est en même temps que jaillit de leurs lèvres le traditionnel *nunndabuckel*. Puis deux paires d'yeux fusillèrent Nesti, mais seule retentit la voix de l'adjudant Ledoux :

— Qu'est-ce que ça veut dire ?

Nesti était plus indigné qu'interloqué. On avait osé toucher à ce qui était sa chasse gardée : le rangement dans la mairie.

— Je voudrais bien connaître celui qui a enlevé la batte en bois !

— Alors, c'est pas toi, Nesti ? hasarda Schmitterlin qui venait de comprendre.

— Non, c'est pas moi.

Ledoux reprit la main :

— Bizarre. Qui savait que les battes étaient dans l'appentis ?

— Ben, monsieur Adolf, évidemment : c'est lui qui

jouait au « pessepal ». On les avait mises ensemble dans l'appentis.

— Et personne d'autre ?

— Monsieur le maire, évidemment. Et Marlyse, la secrétaire.

— Si j'ai bien compris, la mairie n'est jamais fermée.

— Si, je ferme la nuit. Mais dans la journée, n'importe qui peut entrer ici, sauf dans les pièces fermées à clef, les bureaux du maire et du secrétaire et la salle du conseil. Monsieur le maire est trop confiant. Bon, je peux y aller maintenant ?

— Pas encore. Nous allons chercher cette batte ensemble dans toute la mairie. Y compris dans les salles fermées. Vous avez les clés, je suppose ?

Bougonnant des alsacienneries compréhensibles de lui seul, Nesti se résigna à accompagner les deux gendarmes, galon oblige. Une demi-heure plus tard, ils durent admettre que la batte en bois n'était plus à la mairie.

— Alors, cette fois, je peux partir ?

— Vous êtes si pressé ?

— Ben, il faut que je tende les fils, sinon l'âne, il va voir sa fiancée, et après, pour les séparer, macache. Et moi, je pourrai pas écouter Tchonni.

Le discours de Nesti, quoique très ramassé, était indubitablement logique. Cependant, Ledoux renonça à comprendre.

— Je vous expliquerai, chef, susurra Schmitterlin,

tout fier de ses nouvelles fonctions de traducteur polyglotte.

— Attendez un peu, il faut encore que je vous pose une question : quand exactement avez-vous enlevé les battes de l'appentis pour les mettre dans le réduit, monsieur Nesti ?

Ledit Nesti ne se souvenait pas d'avoir été appelé « monsieur » par le passé. Il en conçut pour l'adjudant un regain de respect et se mit instinctivement au garde-à-vous. C'est d'un ton martial qu'il répondit :

— Hier, vers seize heures.

— C'est bien, vous pouvez disposer.

Nesti effectua un demi-tour réglementaire et d'un pas décidé sortit de la mairie pour aller « tendre ses fils ».

Ledoux se retourna alors vers Schmitterlin et se mit à réfléchir tout haut :

— Voyons, brigadier, c'est bien le jeudi 26 avril que Marie Morris et Léopoldine ont dit qu'elles avaient vu les battes dans l'appentis.

— Si vous le dites, chef…

— Et c'est bien après l'enterrement, le vendredi 27 avril, que j'ai constaté que les battes n'étaient plus dans cet appentis.

— C'était hier, chef. J'étais pas là, chef. Mais…

— Dites « Oui, chef », ça me suffira. Il était environ dix-sept heures.

— Oui, chef.

— Et Nesti nous dit avoir mis ces battes dans le réduit hier, à seize heures.

— Oui, chef, ça, je l'ai entendu.

— Nous sommes arrivés ensemble aujourd'hui à la mairie à quinze heures environ. Donc entre hier seize heures et aujourd'hui quinze heures, quelqu'un a subtilisé la batte en bois dans le réduit.

— Oui, chef. Vous êtes fort, chef !

— Schmitterlin, est-ce que vous comprenez que ce quelqu'un savait où les battes avaient été déplacées ? Ce quelqu'un n'a pris que la batte en bois, celle qui a servi sans doute à tuer Weberlé. Il s'agit de toute évidence du meurtrier. Il faut donc savoir à qui Nesti a parlé du nouvel endroit où se trouvaient les battes. Vous me suivez toujours ?

— Euh... oui, chef.

— Alors, qu'est-ce que vous attendez ?

— J'attends que vous me le disiez, chef.

— Eh bien, je vous le dis : allez me rechercher Nesti. Il doit être avec son âne si j'ai bien compris vos explications. Exécution.

Et c'est ainsi qu'un peu plus tard, Nesti se retrouva devant les deux gendarmes, plus bougonnant que jamais : avec tout le respect qu'il devait aux galons de l'adjudant, il y avait quand même d'autres urgences que de chercher une batte ! Si l'âne du deuxième adjoint s'échappait encore, ce n'était pas à Schmitterlin ni à l'adjudant qu'on viendrait le reprocher. Mais lorsque ce dernier se remit à l'appeler « monsieur Nesti », sa mauvaise humeur fondit comme neige au soleil. Il se surprit même à regretter de ne pas être un chien pour pouvoir frétiller de la queue. Et c'est presque avec allégresse, et en tout cas en bon français de caserne, qu'il répondit :

— Oui, m'n adjudant.

— À qui avez-vous dit que vous aviez mis les battes dans le réduit ?

— À monsieur le maire, bien sûr, m'n adjudant.

— Personne d'autre ?

— Attendez un peu… Je l'ai dit à monsieur Adolf.

— Et c'est tout ?

— Oui, m'n adjudant.

— Et quand le leur avez-vous dit ?

— Pour monsieur le maire, c'était tout de suite après que j'ai rangé les battes. Je crois même qu'il m'a vu les ranger. Juste après, il est parti et monsieur Adolf est arrivé à la mairie. Je lui ai dit aussi.

— Et après, qu'avez-vous fait ?

— J'avais plus rien à faire à la mairie. Je suis parti.

— Bien, merci. Votre aide nous est précieuse, monsieur Nesti. Vous pouvez aller clôturer votre pré, je ne vous dérangerai plus aujourd'hui. Mais j'aurai peut-être besoin de vos lumières plus tard.

Et Nesti retourna à son âne tout en se demandant quelles étaient ces mystérieuses lumières dont l'adjudant pourrait avoir besoin.

— Qu'est-ce que vous pensez de tout cela, brigadier Schmitterlin ?

— Je pense comme vous, chef.

Ledoux considéra son subordonné avec attention. Discipliné, certes. Obéissant, également. Et plein de bonne volonté, finalement. Lui ayant découvert un nouvel usage, il le prit de nouveau à témoin pour penser tout haut.

— Tant que nous n'aurons pas découvert cette batte, nous ne saurons pas vraiment si c'est l'arme de crime. D'accord, Schmitterlin ?

— Oui, chef, mais…

— Mais quoi ?

— Vous savez que l'arme du crime n'est pas un club de golf. Vous savez que son bout est arrondi et en bois. Donc, il est quand même très probable que c'est avec elle que Weberlé a été tué. Et si elle a disparu, c'est sûrement parce que quelqu'un ne veut pas qu'on la retrouve.

L'adjudant réprima un sifflement d'admiration :

— Schmitterlin, quand vous arrêtez de jouer sur votre iPhone, vous êtes capable de réfléchir comme un vrai gendarme. Je vous félicite. Maintenant, dites-moi : qui a fait disparaître cette batte ?

— N'importe qui, chef : tout le monde peut entrer dans la mairie, le jour.

— Non, Schmitterlin, pas tout à fait : quelqu'un qui savait où se trouvaient les battes, d'abord dans l'appentis, ensuite dans le réduit.

— Oui, chef. C'est-à-dire le maire, le secrétaire de mairie et Nesti. Ce sont donc nos trois suspects ?

— Vous oubliez une chose, sous-brigadier : c'est qu'ils ont pu parler à d'autres gens.

— Ah oui, chef.

— Mais il y a quand même quelque chose qui m'étonne, Schmitterlin. Pourquoi le meurtrier a-t-il remis la batte dans l'appentis ? Pourquoi ne s'en est-il pas débarrassé tout de suite ?

— Il n'en a peut-être pas eu le temps, chef. Ou il a pensé qu'en remettant la batte à la place où il l'avait trouvée, personne ne s'apercevrait de rien. Ou encore qu'on ne saurait jamais que c'était une batte qui avait tué Weberlé.

— Schmitterlin, vous m'étonnez de plus en plus. Vous avez mangé des têtes de poisson récemment ?

— Non, chef, pourquoi ?

— Parce que les têtes de poisson contiennent du phosphore. Et on dit que le phosphore rend intelligent.

— Vous vous moquez, chef !

— À peine. Mais continuez à raisonner : pourquoi le meurtrier aurait-il ensuite subtilisé la batte en bois ?

— Ah ça, j'en sais rien, chef.

Le phosphore avait cessé d'agir.

— Bon. Vous savez ce que vous allez faire, Schmitterlin ? Vous allez essayer de reconstituer l'emploi du temps du maire, du secrétaire de mairie et de Nesti entre hier à seize heures et aujourd'hui à quinze heures. Mais soyez discret, n'est-ce pas ?

— J'ai compris, chef. Mais ça va pas être facile, chef.

— Oui, mais c'est justement parce que ce n'est pas facile que je vous le demande à vous.

Tout auréolé de cet hommage à ses capacités, et n'imaginant pas un seul instant qu'il pût ne pas être totalement sincère, le brigadier se dressa sur ses ergots, bomba le torse et sortit du bureau, la tête dans les étoiles, fermement décidé à aller jusqu'au bout de sa mission. Il ne savait encore trop comment s'y prendre, il ignorait à quoi ça pourrait bien servir, mais il était décidé à prouver au chef qu'il avait eu raison de lui faire confiance. Et puis, ce soir, il en aurait des choses à raconter à Léopoldine...

# 18

Les yeux fixés sur l'écran de son ordinateur, Léopoldine, malgré les toutes récentes mais parfois confuses révélations de Schmitterlin, achevait de se persuader qu'elle avait un train de retard sur l'adjudant Ledoux : si elle connaissait l'existence et l'importance des empreintes digitales, elle ignorait en revanche l'utilité de l'ADN et, pour elle, cela tenait quasiment du miracle. Même la Sainte Vierge n'aurait pas été capable d'en faire autant. Elle relisait donc consciencieusement, et pour la troisième fois, le court chapitre intitulé « Police scientifique et médecine légale » tiré de l'article consacré sur *Wikipédia* à l'acide désoxyribonucléique, autrement dit l'ADN : *L'extrait de sang, de sperme, de salive, d'un fragment de peau ou d'un poil prélevé sur une scène de crime peut être utilisé en médecine légale pour déterminer l'empreinte génétique d'un suspect.* Ça se compliquait par la suite avec des termes tels que « séquences microsatellites » dont la signification lui était restée quelque peu obscure. N'empêche : les enquêtes de miss Marple, d'Hercule Poirot et du commissaire Maigret auraient été considérablement facilitées s'ils avaient connu les vertus de l'ADN.

C'était la rançon du progrès : les machines sur lesquelles l'adjudant pouvait désormais s'appuyer pour identifier le meurtrier risquaient fort de supplanter les petites cellules grises, celles-là mêmes auxquelles Léopoldine faisait régulièrement appel. Eh bien, on allait voir ce qu'on allait voir ! La postière ne se tenait pas pour battue. Elle avait d'autres armes à sa disposition et était bien décidée à toutes les utiliser. Et d'abord, si elle en croyait ce que cette and…, enfin le brigadier Schmitterlin, clamait à tous les vents, l'une des deux battes n'avait toujours pas été retrouvée. Donc, on n'avait pu l'analyser. Donc, en l'occurrence, l'ADN n'avait pu parler.

Mais les cancans se faisaient rares à la poste, les sources d'informations s'étaient quasiment taries. La fourmilière qu'était le village était bien silencieuse depuis quelques jours, comme si ses habitants s'étaient mis en hibernation. Eh bien, il était temps de donner un grand coup de pied dans cette fourmilière… En ce dimanche 29 avril, elle se surprit même à élaborer son plan d'action durant la messe. Et c'est pendant l'élévation, ô sacrilège, qu'elle trouva la solution. À peine le prêtre eut-il libéré ses fidèles qu'elle chuchota à sa voisine de banc, Germaine Gruber :

— Je serai chez toi dans trente minutes.

Une fois rentrée chez elle, en visiteuse attentionnée, elle fit un paquet de quelques *bredala* et se rendit chez Gégé qu'elle trouva, comme à l'accoutumée, le crayon-bille à la main, en train de consulter son dictionnaire de rimes.

— Alors, Gégé, t'es en train de nous pondre un nouvel œuf de corbeau ?

— Je voudrais bien, mais j'ai rien à dire. Je suis en train d'écrire un poème.

— Un de plus qui ne sera pas édité, ma pauvre Gégé. T'as pas de chance : t'es un poète maudit.

Germaine Gruber leva vers sa visiteuse un visage plein d'espoir :

— Ah oui ? Comme Verlaine et François Villon alors ?

— Euh, peut-être pas exactement, répondit Léopoldine qui, bien que n'ayant pas une connaissance intime des poètes précités, savait fort bien qu'ils ne rimaillaient pas dans la même catégorie que Gégé.

Elle enchaîna donc très vite :

— Alors, si je comprends bien, ton mari ne t'a donné aucune information que tu puisses exploiter pour jouer les corbeaux ?

— Oh ! tu sais, mon mari, il ne me parle presque pas et il n'est pas rigolo en ce moment. Il claque les portes très fort, il fait beaucoup de bruit en marchant, il se racle la gorge sans arrêt, il prend les objets dans la maison et les repose brutalement. Et quand il me parle, c'est en criant. Tiens, l'autre jour, je lui ai dit : « Ce serait quand même bien pour tout le monde qu'on arrête le meurtrier. » Tu sais ce qu'il m'a répondu ?

Léopoldine, qui se moquait comme de sa première couche-culotte des humeurs de monsieur le maire, répondit sobrement :

— Non.

— Eh bien, je te le donne en mille.

— Donne-le-moi en un.

— Il m'a dit : « Ta gueule ! » T'imagines, Léopoldine ? Un homme qui est si poli ! Et même son discours pour l'enterrement de Weberlé, il l'a bâclé.

Ce n'était pas l'avis de Léopoldine qui, quant à elle, avait trouvé que le maire s'était surpassé dans l'hagiographie hyperbolique et absconse. Mais elle savait se tenir : devant Gégé, elle avait décidé de ne plus émettre de réserve sur la qualité de ses vers, ni sur celle des discours de son époux.

— Mais non, mais non, la rassura-t-elle, c'était très bien.

— Ah, tu crois ?

N'ayant aucune envie de s'éterniser sur le sujet, la postière embraya :

— Donc, ton mari est de mauvaise humeur et il ne t'a rien dit à propos de Weberlé.

— Rien. Il a même refusé de parler à cet and…, à Schmitterlin ce matin, avant la messe.

— Comprends pas. Pourquoi Schmitterlin ?

— Parce que Schmitterlin est venu lui demander ce qu'il avait fait entre vendredi dernier seize heures et samedi quinze heures. Et même qu'il lui a dit qu'il fallait rester discret et il s'est mis à chuchoter. Mais j'ai tout entendu…

— Et tu as entendu quoi ?

— Que mon mari lui a dit d'aller se faire foutre.

*Bon. L'adjudant a donc confié à Schmitterlin la mission de vérifier l'emploi du temps du maire. Ça, je le savais. Il lui a sans doute demandé en outre de le faire très discrètement. Autant demander à un éléphant de marcher sur des œufs sans les casser.*

— Et Schmitterlin est reparti ?

— Non, il a attendu que mon mari s'en aille et il m'a posé la même question.

— Et t'as répondu quoi ?

— Ben, que Marius avait passé la soirée à Colmar et que le lendemain, il était allé à la mairie, puis qu'il était revenu. Les heures précises, je ne m'en souviens plus.

— Et c'est tout ?

— Non. Schmitterlin m'a dit qu'il allait poser la même question à Évariste et au Nesti.

*Tiens, tiens ! Ça, cette andouille ne me l'a pas dit. Ça commence à devenir intéressant. Il s'est donc passé quelque chose entre vendredi et samedi. Quelque chose qui a un rapport avec le meurtre...*

— Et il est parti ?

— Ben, oui. C'était l'heure de la messe. Il fallait que je me prépare.

— Et il ne t'a pas dit avant pourquoi il voulait connaître leur emploi du temps ?

— Ben, si.

— Alors ?

— Alors, quoi ?

— Alors, dis-moi pourquoi.

— Ah bon, tu veux savoir pourquoi ? Il fallait le dire... Ben, c'est parce que Nesti avait déplacé les battes dans un autre endroit et que l'une d'elles a disparu de cet autre endroit. Dis, Léopoldine, tu y comprends quelque chose ?

*Ah ! tu fais bien la paire avec Schmitterlin, Gégé. Pas la peine d'insister, j'en sais assez. Si on passait à autre chose...*

— Non, non, j'y comprends rien non plus. Dis-moi, Gégé, j'ai une idée pour que tu sois publiée dans *Les DN* ou *L'Alsace* encore une fois.

— Ah oui ? Dis-moi.

Léopoldine avait longuement réfléchi à ce qu'elle allait suggérer à Gégé. Pas question, évidemment, de se défaire de la seule information qui lui appartenait en propre : les chaussures du meurtrier qui craquaient. Mais on pourrait peut-être lancer un faux bruit pour le faire sortir du bois. Par exemple...

— Tu pourrais faire un quatrain disant que quelqu'un a reconnu le meurtrier au cimetière.

— Oh ! c'est vrai ?

— Mais non, ce n'est pas tout à fait vrai. Mais ça va inquiéter le meurtrier. Et ça va peut-être le faire réagir.

— Oh non ! Je ne peux pas faire ça. C'est un mensonge.

En bonne chrétienne, Léopoldine pouvait difficilement encourager Gégé à enfreindre le huitième commandement : *Tu ne feras pas de faux témoignage*. Mais elle avait appelé la Vierge Marie à la rescousse.

Avec son aide et un peu d'imagination, elle avait amené sa conscience à un modus vivendi : un mensonge, s'il pouvait faciliter l'arrestation d'un assassin, était péché véniel. Et peut-être même pas péché du tout. C'est ce dont elle s'efforça de convaincre l'épouse du maire durant les dix minutes qui suivirent. L'entreprise n'était pas facile, Gégé étant beaucoup plus attachée à la lettre qu'à l'esprit de la Bible ; mais Léopoldine avait de la ressource : elle exhuma de sa mémoire un souvenir de lecture de l'Exode, l'histoire de Schiphra et Pua, les deux sages-femmes égyptiennes auxquelles le pharaon avait ordonné de mettre à mort tous les enfants mâles hébreux, qui n'exécutèrent pas l'ordre et mentirent au pharaon.

— Tu comprends, Gégé, elles ont menti, mais c'était pour sauver la vie des enfants. Et toi, tu vas mentir pour aider la justice.

Et pour enfoncer le clou, elle ajouta :

— Et tu sais ce que dit la Bible ? Que l'Éternel fit prospérer leur maison. Ça veut dire que tu seras récompensée. Peut-être même tes poèmes seront-ils publiés.

*Bon, t'en fais beaucoup, là, Léopoldine. Mais pour faire admettre une idée nouvelle à Gégé, il faut y aller au marteau-piqueur, pour le moins.*

Séduite par l'érudition de Léopoldine, vaincue par la citation biblique et alléchée par la publication possible de ses poèmes, les vrais, pas ceux du corbeau, Gégé s'avoua finalement vaincue : oui, elle allait écrire un nouveau quatrain croassant destiné aux *Dernières Nouvelles*. Et elle allait même y mettre tout son cœur.

Le lendemain, Jérémie Mathieu trouvait dans son courrier une missive dont l'expéditeur commençait à lui être familier. On pourra s'étonner qu'une lettre écrite un dimanche soir ait pu lui parvenir dès le lendemain matin. C'est que Léopoldine, pressée de constater les effets de sa stratégie résolument offensive, s'était transformée en messagère express avec sa petite voiture. Le lundi matin, dès potron-minet, remettant à plus tard ses dévotions à la Sainte Vierge, elle avait déposé dans la boîte des *DN* les derniers croassements du corbeau d'Oberwihrheim. Le journaliste en fit immédiatement une photocopie avant d'aller porter l'original à l'adjudant Ledoux. Et cette fois, le contenu en valait la peine. Vraiment. ***Tu as tué au milieu des croix – Mais tu n'es pas au-dessus des lois – Quelqu'un t'a reconnu – Sinistre individu.***

## 19

— Dites donc, adjudant, que signifie cette intrusion dans ma vie privée ?

Devant Ledoux se tenait Marius Gruber, Jupiter tonnant, le ventre proéminent et l'œil furibond, vivante statue de la réprobation et de la colère mal contenue. On s'attendait presque à ce que de la fumée lui sorte par les naseaux. Le gendarme, pour lequel les tragédies de Racine n'avaient pas de secret, leva une main apaisante. Il entendait par là personnifier Joad, le grand prêtre d'Athalie s'exclamant : « Celui qui met un frein à la fureur des flots – Sait aussi des méchants arrêter les complots. » Peine perdue : Gruber n'avait pas lu Racine.

— Pardonnez-moi, monsieur le maire, mais je ne peux pas me permettre de donner l'impression que vous êtes au-dessus des lois. Je vous ai fait interroger, en tant que témoin, comme tout le monde.

— Témoin de quoi ? Cette and..., le brigadier Schmitterlin est venu me demander mon emploi du temps pour je ne sais plus quel jour. Et je ne sais pas non plus pour quelle raison. Et il a interrogé ma femme aussi. Tout le village est déjà au courant.

L'adjudant jubilait. Tout compte fait, Schmitterlin pouvait lui être utile : en lui recommandant la discrétion, il avait été presque certain que le brigadier allait piétiner de nombreuses plates-bandes de ses gros sabots. Avec son éléphantesque bonne volonté, il avait sorti le village de sa torpeur. Et peut-être contribué à relancer l'enquête qui s'enlisait : toujours pas de suspect avéré, une arme du crime présumée qui avait disparu, et pas de vrai mobile plausible. Tout comme Léopoldine, Ledoux s'était dit qu'un coup de pied dans la fourmilière pouvait être une solution. Et voilà que les fourmis s'agitaient. À commencer par la plus grosse, le maire en personne, qui fulminait toujours :

— Alors, vous allez me dire de quoi il s'agit ? Et dépêchez-vous ! Il va falloir que je prononce mon discours du premier mai dans moins d'une demi-heure.

L'heure était grave, le moment solennel. L'adjudant Ledoux n'ignorait pas que ce discours allait être le point d'orgue de la semaine de Marius Gruber. Il fallait donc faire vite.

— Je n'en ai que pour quelques minutes. Prenez place, monsieur le maire… Voilà. Entre vendredi seize heures et samedi quinze heures, l'arme présumée du crime a disparu.

— L'arme du crime ?

— Oui, il s'agit sans doute d'une batte de base-ball en bois appartenant à Évariste Hittler.

— Ah bon, c'est avec ça que Weberlé a été tué ?

— On le saura avec certitude quand on l'aura retrouvée. Vous ne sauriez pas où elle se trouve, par hasard ?

— Et comment le saurais-je ?

— Je vous le demande. Vous saviez que les deux battes de votre secrétaire se trouvaient à la mairie.

— Oui, bien sûr, il les rangeait, ses deux battes, dans un appentis. Et j'ai demandé à mon ouvrier municipal de les déplacer parce que je voulais y installer des rayonnages pour des dossiers encombrants.

— Nous le savons. Votre ouvrier vous a obéi et a déplacé les battes le vendredi à seize heures. Le lendemain, à quinze heures, l'une d'entre elles avait disparu.

— Bon, et alors ?

— Et alors, quelqu'un l'a subtilisée. Quelqu'un qui savait où les battes se trouvaient. Or, trois personnes seulement connaissaient le nouvel endroit où elles étaient rangées : votre ouvrier, votre secrétaire de mairie et vous-même, monsieur le maire. Et voilà pourquoi je désirerais connaître votre emploi du temps.

Un ange passa et l'adjudant, qui commençait à en prendre l'habitude, put presque entendre Marius Gruber compter silencieusement jusqu'à sept avant de reprendre la parole :

— Votre raisonnement, monsieur l'enquêteur, est logique. Il lui manque simplement deux éléments essentiels pour que cette logique ne soit pas boiteuse. Le premier, c'est que je ne sais pas où notre ouvrier a déplacé les battes. Il ne m'en a rien dit, ce qui témoigne, de sa part, d'une légèreté coupable à propos de laquelle je vais prendre des mesures. Le premier magistrat municipal se doit, en effet, d'être informé de tout ce qui se passe dans sa mairie, y compris les plus infimes détails. Le second, c'est qu'il a pu en parler à d'autres personnes. Et monsieur Hittler, qui savait aussi où se trouvaient ces battes, a pu également se confier à plusieurs personnes. En somme, vous voilà avec des dizaines de suspects sur les bras, qui tous et toutes ont eu tout loisir de visiter la mairie de fond en comble, de la cave jusqu'au grenier puisqu'elle n'est pas fermée de la journée.

Persuadé d'avoir cloué le bec à son interlocuteur – lequel se demandait pourquoi le maire ne savait décidément pas parler simplement, d'autant qu'il avait dit être pressé –, Marius Gruber décida de se montrer grand prince et sortit un agenda de la poche intérieure de sa veste.

— Tenez, je vais néanmoins vous fournir mon emploi du temps. Vendredi 27 avril à seize heures, me dites-vous ? C'était le jour de l'enterrement. Eh bien, tout de suite après, je me suis rendu à Ribeauvillé. J'avais rendez-vous avec un entrepreneur, monsieur Zitterlin, celui qui doit nous construire le centre culturel du village.

Et comme le gendarme le regardait, l'œil rond, il ajouta, avec une pointe de raillerie :

— Notez, monsieur l'enquêteur, notez… Après notre entretien, nous avons dîné ensemble, au Relais des ménétriers, et je suis rentré vers vingt-trois heures. Choup... euh, mon épouse pourra vous le confirmer.

Et le lendemain, voyons... ah oui, je me suis rendu à la mairie vers dix heures où j'ai rencontré monsieur Hittler qui m'y avait précédé, et nous sommes restés ensemble jusqu'à midi. Je suis rentré déjeuner et ne suis pas ressorti de l'après-midi. Là encore, mon épouse pourra témoigner. Vous voilà satisfait ?

Le gendarme, qui avait soigneusement noté, opina de la tête.

— Je vous remercie, monsieur le maire. Oh ! une dernière chose avant que vous partiez, monsieur le maire. Le corbeau a écrit une nouvelle lettre. Elle paraîtra demain dans *Les Dernières Nouvelles*.

— Ah oui ? Et que dit-elle ?

— Tenez, lisez.

Ledoux tendit au maire la lettre que lui avait remise le journaliste : ***Tu as tué au milieu des croix Mais tu n'es pas au-dessus des lois – Quelqu'un t'a reconnu – Sinistre individu.***

L'adjudant n'aurait pu jurer que le maire avait pâli. Néanmoins, la lecture ne l'avait pas laissé de marbre. Il enchaîna très vite :

— Vous n'avez aucune idée sur l'identité de ce corbeau ?

— C'est vous l'enquêteur, adjudant.

— Pas d'empreintes, pas de témoignage. Ce corbeau connaît son affaire. Non, monsieur le maire, nous ne savons pas qui c'est. Mais s'il dit vrai, le meurtrier doit être dans ses petits souliers, à l'heure qu'il est.

*Dans ses petits souliers, sans doute, mais moi, je ne sais toujours pas qui c'est. Ce Gruber est plutôt désagréable, c'est certain, mais de là à en faire un meurtrier... Pas plus que le Nesti, d'ailleurs. Il va me falloir interroger Hittler, maintenant. Il a une belle tête de suspect, celui-là.*

— Bonjour, monsieur le secrétaire.

Le dénommé Hittler se trouvait devant l'adjudant, à l'exacte place qu'occupait une heure plus tôt Marius Gruber. Mais il était beaucoup moins faraud que le maire.

— Dites-moi, monsieur, vous avez vu le brigadier Schmitterlin qui vous a interrogé sur votre emploi du temps de vendredi et samedi, je crois. J'ai son rapport sous les yeux : il y a des trous, beaucoup de trous.

— Euh, je ne me souviens plus de tout ce que j'ai fait.

*Toi, tu n'as pas la conscience tranquille, mon bonhomme. Sinon tu aurais voulu savoir pourquoi il te fallait fournir un emploi du temps pour ces deux jours. Un mauvais point pour toi.*

— Je vais vous aider. Après l'enterrement de Joseph Weberlé, vous avez fait un tour à la mairie, puis on ne vous a plus vu. Et vous êtes rentré chez vous tard dans la soirée, bien après vingt-trois heures, je crois.

— Euh…

— Bien, je vais être très clair. C'est sans doute l'une de vos battes de base-ball qui a fracassé le crâne de Joseph Weberlé. Or cette batte était à la mairie après le meurtre, puis elle a disparu. Trois personnes savaient où elle se trouvait après que Nesti l'eut déplacée : le maire, Nesti et vous.

— Mais je l'ai pas prise, moi !

— Vous en auriez pourtant eu l'occasion. Autre chose : monsieur le maire et Nesti n'aimaient pas beaucoup Weberlé, avaient eu des mots avec lui. Et vous ?

— Moi ? Je l'aimais bien, le Joseph.

— Vous en êtes certain ?

Pesant ses mots, guettant sur le visage de son interlocuteur la moindre réaction, le gendarme lança la question qu'il gardait en réserve depuis le début de leur conversation :

— Même après l'avoir surpris ?

Il connut la satisfaction de voir les traits d'Hittler se décomposer littéralement. Le secrétaire de mairie tenta un instant de se reprendre et affecta l'incompréhension :

— Je ne comprends pas. De quoi parlez-vous ?

— Je parle du soir où, après avoir quitté Le Joyeux Vigneron, en rentrant chez vous, vous avez vu Joseph Weberlé, dans le cimetière, regarder par-dessus le mur en direction de votre maison. Il observait votre femme en train de se déshabiller. Ça ne vous a pas fait très plaisir, hein ? C'était le soir où Weberlé a été tué… Et vous étiez là, tout près de lui... Voulez-vous que je continue ?

— Non, non, c'est pas moi qui ai tué Weberlé. Je n'ai rien fait !

— Et puis, vous saviez que Weberlé se promenait la nuit dans le village. C'est vous qui avez écrit cet article sur les « tribulations de Weberlé », n'est-ce pas ?

— Oui, c'est moi, mais je n'ai tué personne.

— Vous pourriez peut-être nous pondre un article maintenant sur les tribulations de la batte. Elle s'est beaucoup promenée, elle aussi, ces derniers temps. Peut-être savez-vous où elle se trouve ?

— Je ne sais rien. Et je n'ai pas tué Weberlé.

— Ne niez pas. Quelqu'un vous a vu.

— On m'a peut-être vu ce soir-là dans la rue. Oui, j'ai surpris Weberlé, mais je ne l'ai pas tué.

On n'en sortait pas : Ledoux avait parfaitement conscience que le scénario qu'il avait échafaudé était boiteux. Hittler avait, certes, un très beau mobile : constatant que Weberlé lorgnait sa femme, il avait pu être pris d'un accès de rage. En outre, il était le principal suspect dans l'affaire de la disparition de la batte. Mais contrairement à ce que prétendait le corbeau, personne ne l'avait vu, à sa connaissance.

Jusqu'à présent, l'adjudant n'avait obtenu que des dénégations répétées. Arriverait-il à percer cette première carapace ? Il poursuivit son travail de harcèlement. Trente minutes plus tard, il avait réussi à obtenir un récit circonstancié de la soirée du meurtre, version Hittler :

Après avoir bu un peu plus que de coutume, au Joyeux Vigneron, le secrétaire de mairie avait décidé de rentrer chez lui. L'heure ? Il ne s'en souvenait plus. Vingt-deux heures trente, peut-être... Il s'approchait de son domicile lorsqu'il avait vu Weberlé s'introduire dans le cimetière. Comment il l'avait reconnu ? Il y avait un réverbère à quelques mètres. Ce n'était pas la première fois qu'il voyait l'adjoint se promener la nuit, toujours dans le même coin. Peut-être allait-il enfin savoir quel était le but de ces promenades nocturnes.

Il s'était approché, avait glissé son pied droit dans une providentielle anfractuosité du mur et s'était élevé jusqu'à avoir une vue complète sur le cimetière : Weberlé, dont on ne distinguait maintenant plus que la silhouette, était immobile. Et la direction de son regard ne faisait aucun doute : il était en train d'épier Marie, sa femme, dans la chambre à coucher dont la lumière était allumée et les volets imparfaitement fermés.

La suite ? Facile à imaginer. Il s'était précipité, avait empoigné Weberlé par l'épaule, l'avait retourné et lui avait envoyé son poing dans la figure. Puis il lui avait dit ses quatre vérités, l'avait menacé de lui casser les deux jambes à coups de batte s'il le surprenait de nouveau et était retourné au Joyeux Vigneron pour boire un coup : ses émotions lui avaient donné soif.

— Et voilà, c'est tout, mon adjudant. Je lui ai cassé la figure, c'est vrai, mais je ne l'ai pas tué.

— Et donc, il est rentré chez lui ?

— Ça, je ne sais pas. Tout ce que je sais, c'est que je suis retourné au Joyeux Vigneron et que je me suis soûlé la gueule avant de rentrer chez moi.

— Vous voulez savoir ce que je crois, moi ? C'est qu'ayant surpris Weberlé, vous ne lui avez pas seulement cassé la figure. Vous avez peut-être bu au Joyeux Vigneron, mais après, vous êtes allé à la mairie prendre votre batte et vous êtes retourné au cimetière, au cas où... Weberlé était toujours là, en train de jouer au voyeur. Et là…

Le scénario était plausible, quoique comportant des zones d'ombre. Ledoux, bien qu'ayant encore des doutes sur la culpabilité du secrétaire de mairie, devait bien admettre qu'il y avait là de quoi constituer ce que, dans le vocabulaire de la justice, on appelle joliment un « faisceau de présomptions ». Un faisceau qui mène souvent directement aux assises, que l'on soit coupable ou non. C'est du moins ainsi que l'entendait le juge Simon, auquel l'adjudant amena le secrétaire de mairie. Il le mit derechef en examen.

Le soir même, Évariste Hittler, toujours protestant de son innocence, dormait en prison.

# 20

— Non, je ne peux pas croire que ce soit lui.

Sur le petit napperon de la table ronde trônait une bouteille de marc de gewürtz, largement entamée. Dans une coupelle, quelques *bredala*. De part et d'autre de la table, Marie Morris et Léopoldine, un petit verre d'alcool blanc dans une main, un petit gâteau dans l'autre, devisaient. L'heure était grave : on ne commentait pas les mérites respectifs des candidats de *The Voice*, ni les prévisions météo qui annonçaient une semaine pluvieuse. Il s'agissait ni plus ni moins pour la directrice d'école de trouver un moyen de sortir son mari de prison. Même si elle n'avait guère d'estime pour lui, elle ne le croyait pas coupable. Et elle avait demandé à Léopoldine de l'aider, ayant déjà eu à connaître et à apprécier ses talents de détective amateur. Pour l'occasion, les deux femmes s'étaient retrouvées dans la pièce à vivre de la maison de la postière, encombrée jusqu'à l'étouffement de bibelots et de bondieuseries que Léopoldine avait accumulés au cours des années. Sur les murs, un canevas brodé représentant une chasse au loup, une jolie aquarelle du peintre alsacien Charles Serfass et un sanglant chromo censé illustrer un coucher de soleil sur l'Adriatique témoignaient de l'éclectisme de ses goûts picturaux et encadraient une massive bibliothèque de style Empire abritant les œuvres complètes de Simenon et d'Agatha Christie. Seul, dans un coin, sur une desserte, un ordinateur témoignait que l'on était bien au vingt et unième siècle.

Marie, bien que n'ayant plus guère d'illusions sur son mari, croyait donc à son innocence. Mais que pouvait une conviction d'épouse face au « faisceau de présomptions » d'un juge d'instruction ?

Léopoldine, de son côté, bien que tenant le secrétaire de mairie en piètre estime, avait des doutes. Ce coq de village doué pour les rodomontades n'avait pas l'étoffe d'un tueur : il parlait fort, mais il sonnait creux. Il y avait probablement une faille dans l'argumentaire du juge d'instruction. Il devait y en avoir une.

— L'adjudant m'a dit que Weberlé avait été tué peu après vingt-trois heures. À quelle heure précise est-il rentré à la maison, ce soir-là ?

— Je n'en sais rien, mais il était tard. Vous croyez que je devrais… ?

— ... dire qu'il était rentré avant vingt-trois heures ? Vous êtes sa femme. On ne vous croirait pas. On penserait que vous voulez lui donner un alibi.

Marc de gewürtz aidant, les petites cellules grises de Léopoldine fonctionnaient maintenant à plein régime. Il y avait même risque de surchauffe…

— Attendez, j'ai une idée ! Dites-moi, quel genre de chaussures porte votre mari habituellement ? Des baskets, je crois.

— Des baskets, encore des baskets, toujours des baskets. Même lorsqu'il se met en costume. La semaine dernière, il est allé au mariage de ma nièce en baskets... Mais dites-moi, pourquoi cette question ?

— Attendez... Ces baskets ne couinent pas, elles ne grincent pas, elles ne craquent pas quand il marche ?

— Mais, Léopoldine, ce sont des baskets. Ça ne couine pas, des baskets ! Vous allez me dire, enfin ?...

— Eh bien, la voilà, la preuve que votre mari est innocent ! Le meurtrier avait des chaussures qui craquaient. Donc, des chaussures de cuir.

Devant le visage interloqué de la directrice d'école, elle se mit en devoir de lui expliquer :

— Ma nièce, la petite Héloïse, a vu votre mari sortir du cimetière ce soir-là, c'est vrai. Mais à ce moment-là, Weberlé était toujours vivant. Car elle en a vu un autre un peu plus tard sortir de ce même cimetière : lui, c'était sans doute le meurtrier. Elle ne l'a pas reconnu. Mais elle a entendu que ses chaussures craquaient. Vous comprenez, maintenant ?

— Mais vous êtes formidable, Léopoldine ! Il faut tout de suite aller dire ça à l'adjudant.

À voir la mine renfrognée que se composa alors son interlocutrice, la directrice d'école comprit que sa proposition n'avait pas l'heur d'être agréée. Léopoldine, en effet, se défaisait ainsi du seul avantage qu'elle gardait sur l'adjudant : ce ne serait pas elle qui dénouerait les nœuds de l'affaire Weberlé. C'était la fin de sa carrière d'émule de miss Marple. Elle se reprit cependant : on ne pouvait pas laisser Évariste croupir en prison pour un meurtre qu'il n'avait probablement pas commis. Et puis, ce serait une bonne leçon à donner à la police et à la justice que de leur prouver qu'ils avaient eu tort. Elle se recomposa donc un visage avenant :

— Vous avez raison, Marie. Ça ne me plaît pas beaucoup de collaborer avec l'adjudant. Mais que ne ferait-on pas pour ce grand couillon d'Évariste ?

*Décidément, Léopoldine sait beaucoup de choses. Y compris que j'appelle mon mari grand couillon. Elle a donc des yeux et des oreilles partout dans le village ? J'ai eu bien raison de m'en faire une amie...*

— Et vous savez quoi, Marie ? Je vous ai dit que j'avais deux idées pour innocenter votre mari. Voici la seconde : Héloïse m'a également dit que l'homme aux chaussures qui craquent était gros. On peut dire beaucoup de choses à propos de votre mari, qu'il a une silhouette sportive, qu'il est athlétique, mais certainement pas qu'il est gros. Venez, nous allons voir si Héloïse est chez elle...

Et c'est ainsi qu'une heure plus tard, elles sonnaient à la porte des parents d'Héloïse. Auparavant, Léopoldine avait informé Marie des circonstances particulières dans lesquelles la jeune fille avait reconnu Weberlé et surpris son meurtrier présumé :

— Je n'ai parlé à personne des expéditions nocturnes de ma nièce, et surtout pas à ses parents.

Si ce sont ces derniers qui nous accueillent, il faudrait trouver un prétexte pour la voir seule.

— Mais j'en ai un excellent ! Elle passe son bac l'année prochaine et elle est déjà venue me voir pour que nous parlions ensemble de son avenir, des écoles et des facs qu'elle pourrait faire. Si ses parents sont là, on lui demandera de venir à l'école.

Elles n'eurent pas à utiliser le stratagème mis au point par Marie. C'est Héloïse en personne qui leur ouvrit et qui les informa qu'elle était seule à la maison.

— Je viens de sortir du lycée et mes parents ne rentreront de leur travail qu'à dix-neuf heures. Vous vouliez me parler ?

Dix minutes plus tard, toutes trois se retrouvaient dans la 308 de la directrice d'école. Cap sur Ingersheim où habitait Romain, dont c'était le jour de congé et dont Héloïse s'était assurée par un coup de fil qu'il était bien chez lui.

— Romain ? avait demandé Marie.

— C'est mon copain. Moi, j'ai été la première à reconnaître Évariste le fameux soir du meurtre. Mais c'est lui qui le premier a vu l'autre homme sortir plus tard du cimetière. Il me l'a montré, mais il était déjà loin. Il saura vous le décrire mieux que moi.

— Mais pourquoi n'avez-vous pas dit tout cela aux enquêteurs tout de suite ? questionna la directrice de l'école primaire.

— Et alors, mes parents auraient appris ce qu'on faisait dans l'église, Romain et moi, objecta la petite délurée. Ils m'auraient tuée…

— Et vous, vous n'avez rien dit non plus ? ajouta Marie, se retournant vers Léopoldine.

La postière esquissa un demi-sourire : c'était bien à la directrice d'une école de leur faire la morale alors qu'elle se livrait corps et âme – et surtout corps – à l'exhibition de ses charmes les plus secrets…

— Et où habite-t-il, ton Romain ?

— Dans la rue qui tourne à droite, sur la place du décapsuleur.

La postière et la directrice échangèrent un regard interrogateur : le décapsuleur ?

— C'est Romain qui l'appelle comme ça. Moi, je trouve que ça ressemble plutôt à une clé à molette.

— Mais de quoi parles-tu enfin ? finit par dire Marie.

Héloïse eut un rire perlé :

— Je parle du truc, du machin, qui se dresse au milieu du rond-point se trouvant à côté du garage Renault.

— Je crois qu'il s'agit de la place du Général-de Gaulle, précisa la directrice.

Le « truc » en question était une colonne à l'assaut de laquelle étaient parties des plantes grimpantes, laissant émerger un singulier artefact qui pouvait effectivement évoquer un décapsuleur ou une clef à molette. Ou encore un oisillon ouvrant un large bec. À quelle divinité, quel homme célèbre la municipalité d'Ingersheim avait-elle ainsi voulu rendre hommage ? Ou quel outil, quel instrument ménager entendait-elle célébrer ?

Lorsqu'elles arrivèrent sur place, et avant de prendre la rue dans laquelle habitait Romain, Léopoldine demanda à Marie de faire trois fois le tour de la place pour pouvoir admirer le monument comme il le méritait : effectivement, le décapsuleur « valait le détour », comme disent les guides touristiques. Ne serait-ce que pour se payer une pinte de bon sang.

Ayant sacrifié à Nomos, dieu de la raillerie et du sarcasme, les trois femmes se reconcentrèrent sur leur objectif : Romain, dont la maison se dressait devant elles.

— Oui, confirma-t-il, c'est moi d'abord qui ai vu le deuxième homme sortir du cimetière. Je me souviens, j'ai dit à Héloïse : « T'as vu le gros ? Qu'est-ce qu'il faisait là-dedans ? »

— Mais il était déjà loin, je n'ai pas vu grand-chose. Et il faisait noir, indiqua Héloïse.

— Quand il est passé sous le lampadaire, j'ai bien vu sa silhouette : il n'était pas très grand, mais il était gros, ça c'est sûr. Et puis, Héloïse a dû vous le dire : en marchant, ses chaussures faisaient « grouik »...

— Est-ce qu'il t'a rappelé quelqu'un que tu connais dans le village ?

— Vous savez, je ne connais pratiquement personne à Oberwihrheim. Je n'y viens généralement que le soir pour voir Héloïse et quelquefois le week-end.

— Tu as déjà vu le secrétaire de mairie ?

Romain lança un regard vers Héloïse :

— C'est pas le grand type que tu m'as montré un jour qui se baladait avec une batte de base-ball à la main ?

— Oui, c'est lui.

— Tu rigoles ! C'était sûrement pas lui. Celui-là, il est grand et costaud, genre Schwarzenegger. Comme le premier homme que nous avons vu. L'autre, il ressemblait plutôt à une bouteille de Perrier.

Marie et Léopoldine se regardèrent en exhalant un long soupir de satisfaction : le passage dans le cimetière du deuxième homme, le gros aux chaussures qui faisaient « grouik » innocentait complètement le premier. Et le premier, c'était Évariste : le « grand couillon » n'allait pas faire de vieux os en prison.

En rentrant chez elle, ce soir-là, Léopoldine avait le sentiment du devoir accompli. Et pourtant, il semblait bien que quelque chose lui avait échappé. Un détail, sans doute...

# 21

— Bon, il faut bien admettre que t'as fait une boulette : voilà que tu enchristes un secrétaire de mairie qui est innocent. Comme l'adjudant de gendarmerie en a commis une autre en dédouanant un peu trop tôt son premier suspect, la police et la justice viennent d'en prendre un coup sérieux derrière les oreilles. Il devient urgent d'en finir avec cette affaire Weberlé.

— En finir, en finir… T'en as de bonnes, toi. Et comment ?

Le juge d'instruction Simon en avait connu d'autres : les remontrances du procureur Bannwarth ne l'affectaient pas outre mesure. Simon et Bannwarth s'étaient connus quelques dizaines d'années plus tôt au lycée Bartholdi et si leurs chemins, tout en restant circonscrits dans les sphères de la justice, avaient sensiblement divergé, ils étaient restés, sinon amis, du moins assez proches. Entre notables colmariens, il fallait des motifs plus sérieux pour s'étriper. Pour l'instant, il s'agissait surtout de colmater les brèches et de faire avancer le schmilblick avant que dans la capitale le ministère ne commence à s'émouvoir.

— Tu pourrais toujours dessaisir la gendarmerie. Ils ont bon dos, les gendarmes...

— Non, l'adjudant Ledoux connaît bien le dossier. Il me paraît compétent, même s'il n'avance guère. Et puis, c'est toi qui as fait le forcing pour mettre Hittler en examen. Si j'ai bien compris, Ledoux n'était pas vraiment convaincu de sa culpabilité.

— Oui, bon, je suis peut-être allé un peu vite en besogne, reconnut Simon en plongeant le nez dans son verre et en humant le liquide jaunâtre qui s'y trouvait. Et comme il se sentait tout de même légèrement humilié par les propos du procureur, il se vengea sur le whisky.

— C'est quoi, cette espièglerie ? Tu as toujours le chic pour nous servir des boissons drolatiques. C'est comme les tableaux sur tes murs…

— Drolatiques, mes tableaux ? Ils m'ont coûté assez cher, alors, abstiens-toi de les trouver drolatiques. C'est de l'art contemporain. Toi, t'en es resté aux impressionnistes, alors, tu ne peux pas comprendre. Quant à ce que tu appelles une espièglerie, c'est de la production locale. Du whisky alsacien.

Simon s'empara de la bouteille sur la table basse et, déchiffrant l'étiquette, se mit à ricaner :

— Lac' Holl : le calembour ne vaut pas tripette. Voyons si le contenu vaut mieux que le contenant.

Il avala son verre d'un trait, puis conclut :

— Eh bien, le single malt écossais n'a aucun souci à se faire pour l'instant.

Un troisième homme assistait à cet aimable bavardage dans le salon cossu du procureur. Aussi fluet que ses deux compagnons étaient bien en chair, ainsi qu'il sied à des notables colmariens, il n'avait jusque-là pris aucune part à la conversation. Mais comme la partie de ping-pong verbal menaçait de s'éterniser, il jugea bon de prendre la parole :

— Messieurs, je vous rappelle que nous sommes ici pour parler de l'affaire Weberlé et non des mérites comparés des nymphéas de Claude Monet et du plug anal de Paul McCarthy. D'ailleurs, ils n'ont pas la même utilisation, ajouta-t-il en pouffant légèrement.

Ayant ainsi fait la démonstration de sa culture artistique, il se hasarda sur le terrain plus œcuménique des spiritueux :

— Évidemment, ce whisky ne peut rivaliser avec un Glenfiddich douze ans d'âge. Mais soyons justes : il sait se tenir et en vaut bien d'autres.

Entre le procureur et le juge, Henri Felsenrock entendait ainsi assumer et renforcer son statut d'homme au-dessus des partis. Moyennant quoi, il se déclarait généralement de l'avis de son dernier interlocuteur et avait insufflé cet esprit à ses journalistes, dont certains épousaient son credo jusqu'à l'insignifiance. Ce n'est qu'en privé qu'Henri Felsenrock, directeur des *Dernières Nouvelles* de Colmar, que même ses détracteurs décrivaient comme l'un des hommes les mieux informés d'Alsace, poussait l'audace jusqu'à émettre des opinions. Mais ce qu'on lui demandait, ce jour-là, c'étaient des faits.

— Je n'ai aucune information à vous apporter que vous ne connaissiez déjà sur cette affaire. Mais si vous voulez mon opinion…

Comme deux petits chiens sur la plage arrière d'une voiture, le procureur et le juge hochèrent vigoureusement la tête.

— ... donc, si vous voulez mon opinion, vous pourriez souffler à l'adjudant Ledoux que sa postière sait beaucoup de choses qu'elle ne lui dit pas toujours.

— Voulez-vous dire que la postière d'Oberwihrheim connaît l'assassin ? lâcha Simon. Allons donc…

— Je n'ai rien dit de semblable. Je tiens de notre journaliste qui couvre l'affaire et qui la connaît bien qu'elle sait à peu près tout sur tout le monde. Et en plus, elle se prend pour la réincarnation de miss Marple.

— Miss qui ? demandèrent d'une seule voix les deux magistrats dont la culture livresque n'allait pas jusqu'à lire Agatha Christie.

Patiemment, Felsenrock expliqua à ses auditeurs qu'il y avait, outre le Code pénal et le recueil des obligations déontologiques des magistrats, certaines lectures moins austères qui leur étaient accessibles, parfaitement délassantes, et absolument pas déshonorantes.

— Et comme elle n'est pas bête, elle s'est mise en tête de découvrir l'assassin avant l'adjudant Ledoux, si j'en crois ce que m'a dit mon journaliste. Ça nous ferait un très bel article si elle y arrivait. Mais évidemment, ça ridiculiserait la police et la justice.

Devant la mine ahurie de Simon et Bannwarth, Felsenrock ne put retenir un gloussement.

— Et si vous voulez un autre avis, je pense qu'elle est très proche du corbeau. Si ce n'est elle, c'est quelqu'un qu'elle connaît bien.

— Ah ! celui-là, si je le tenais ! gronda le magistrat instructeur.

— Si vous le teniez, ça vous priverait d'une source d'information. Laissez-le donc croasser, ajouta Felsenrock, approuvé du chef par le procureur. Maintenant, laissez-moi aborder un autre sujet. D'après mes sources personnelles, il y a des choses pas très nettes se tramant autour de la construction de l'espace culturel qui est en projet à Oberwihrheim. Vous savez que Gruber, le maire, en a fait le cheval de bataille de sa mandature et qu'il a rencontré de sérieuses oppositions, à commencer par celle de Weberlé. Je ne sais si ça a le moindre rapport avec le meurtre de l'adjoint, mais j'ai déjà mis deux journalistes sur le coup. Pour l'instant, ils n'ont recueilli que des rumeurs, pas de quoi faire un article. Et rien non plus qui puisse intéresser la justice. On creuse. Et si on trouve, vous en serez les premiers informés.

— La presse qui informe la justice : mais c'est le monde à l'envers ! s'exclama le procureur.

— Dans un monde idéal, certainement, sourit Felsenrock. Ces temps-ci, il me semblerait que ce soit plutôt l'inverse. Ce sont *Les DN*, je crois, qui vous ont alerté sur les soupçons de la DGCCRF à l'encontre de Weberlé. À propos, où en est l'enquête ?

— Pas de conclusion définitive encore, admit Bannwarth. Il est à peu près certain que Weberlé trafiquait ses vins, mais rien n'indique que cela ait un rapport avec son assassinat. Pour l'instant, on a demandé à la DGCCRF de mettre la pédale douce. Il sera toujours temps de réactiver l'enquête lorsqu'on aura trouvé l'auteur du meurtre. Cela dit, je dois reconnaître que c'est vous qui nous avez mis la puce à l'oreille.

— Et j'entends bien que vous me rendiez la pareille lorsqu'on saura exactement ce qu'il en est. Je ne tiens pas à me faire griller par la presse nationale.

— Mais, cher ami, vous savez bien que vous serez le premier informé, répondit suavement le procureur, les mains croisées sur sa bedaine. J'attends toutefois de vous que vous nous informiez également si vous récoltez quelque chose de tangible sur cette histoire d'espace culturel.

Pour sceller cet accord verbal, le procureur Bannwarth, tout sourire, tendit la main vers son verre de Lac'Holl qu'il leva pour un toast auquel répondirent sans hésiter le juge et le journaliste. Tout allait pour le mieux dans le meilleur des mondes journalistico-judiciaires.

De fait, les « sources personnelles » dont se glorifiait Henri Felsenrock pour jeter la suspicion sur la construction du complexe culturel cher à Marius Gruber se limitaient à Jérémie Mathieu, avec lequel il avait eu une conversation de couloir, quelques jours plus tôt…

— Patron, lui avait glissé ce dernier, j'ai appris un truc curieux sur l'espace culturel en projet à Oberwihrheim. *A priori*, ça n'a aucun rapport avec le meurtre, mais je peux enquêter là-dessus, si vous voulez...

Felsenrock avait ainsi appris qu'en mettant de l'ordre dans les papiers de son père, Céline Weberlé avait trouvé une note, pour elle incompréhensible, qu'elle avait donnée à son amie Léopoldine, laquelle, à son tour, en avait fait part à Jérémie. Une demi-feuille A4, déchirée en son milieu, sur laquelle Weberlé avait tracé ces quelques mots en tous sens, sans lien apparent : *Espace culturel. RST. Enveloppe.*

— Ne vous dispersez pas, continuez à vous concentrer sur le meurtre. Je vais mettre là-dessus nos deux pieds nickelés. S'ils trouvent quelque chose de substantiel, vous pourrez toujours reprendre le flambeau, avait décrété le patron.

Les deux pieds nickelés en question constituaient un tandem aussi curieux qu'hétéroclite. Le premier, Jules Lang, dont le physique de pâtre grec était très apprécié des demoiselles de tous âges, avait en outre un don tout à fait singulier : il inspirait confiance. Au point que ses interlocuteurs, après quelques minutes de conversation, lui livraient sans détour la quintessence de leurs pensées. Les hommes se déboutonnaient d'autant plus facilement qu'il taisait soigneusement son état de journaliste. Quant aux femmes, sensibles à son charme mâle, son verbe louangeur et l'intérêt qu'il manifestait en toutes circonstances à leur personne, elles s'oubliaient souvent, sinon du geste, du moins en parole. Bref, là où d'autres journalistes se faisaient éconduire, il revenait presque toujours avec l'information demandée qu'il déposait aux pieds du rédacteur en chef ravi.

Son compère, Georges Kurtz, s'était vainement essayé à la rédaction d'articles intelligibles : il enfilait les clichés comme des perles et ne produisait, après avoir transpiré comme un bœuf, que des brouillons filandreux qui se retrouvaient immanquablement à la corbeille à papier. Mais il s'était découvert d'autres talents en analysant et en disséquant des rapports, des comptes-rendus, des notes d'experts, tant juridiques que techniques ou économiques. Il en tirait de remarquables synthèses, décelant au passage les erreurs factuelles, les contradictions, les oublis dont le rédacteur s'était rendu coupable. « D'r Chul un d'r Chorch », c'est ainsi qu'ils s'étaient eux-mêmes baptisés, en hommage à un célèbre couple d'Alsaciens pur jus, étaient capables de démêler n'importe quel écheveau, aussi embrouillé fût-il. C'est à eux que Felsenrock avait confié les griffonnages de Weberlé, avec ce seul mot d'ordre :

— Trouvez-moi ce que ça veut dire. Au trot !

Jules, le premier, avait rebondi sur le centre culturel. Il s'était enquis de l'appel d'offres et avait trouvé que la construction du projet avait été attribuée à l'entreprise BTP Zitterlin. Ralf Zitterlin était un personnage haut en couleur, aux ramifications tentaculaires, conseiller général de surcroît. Un poids lourd dans son domaine. Fort opportunément, Jules Lang connaissait for bien sa fille qui se prénommait Adeline. Elle avait obligeamment et sans même que Jules en arrive aux dernières extrémités, révélé que son papa allait bien construire le centre culturel d'Oberwihrheim, mais qu'il avait eu, malgré son envergure, du mal à convaincre les décideurs qu'il était l'homme de la situation. Ingénument, elle avait même précisé que c'était grâce à des « appuis » que Ralf Zitterlin avait emporté le morceau et qu'il lui avait promis par voie de conséquence de lui payer la Mazda MX5 dont elle rêvait. Et elle avait ajouté :

— J'espère bien que nous pourrons faire un tour ensemble lorsque j'aurai mon nouveau bolide. Nous irons au lac de Garde, ça vous dit ?

Jules avait considéré un instant la jeune femme, au demeurant charmante, dont le babil inconséquent recelait néanmoins quelques pépites, et estima qu'il n'y avait aucun inconvénient à joindre l'utile à l'agréable. Comme il avait de la conscience professionnelle, tout en répondant avec enthousiasme à la proposition d'escapade italienne, il avait réussi à persuader la jouvencelle de lui fournir une copie de l'appel d'offres auquel avait répondu son père.

— Vous comprenez, ma tante habite Oberwihrheim. Elle aimerait savoir à quoi ressemblera ce fameux centre culturel.

L'hameçon était de piètre qualité, mais la belle, qui n'y voyait aucune malice, y avait mordu sans hésiter. Elle était même allée jusqu'à promettre à Jules de lui remettre le document – au demeurant public – en cachette de son père. Et c'est ainsi que vingt-quatre heures plus tard, Georges Kurtz commençait à éplucher un volumineux dossier, complété par des rapports émanant d'autres sources, ayant tous pour objet ledit centre culturel. Jules Lang, quant à lui, avait déjà entrepris l'un des concurrents de Zitterlin, lui aussi intéressé par l'édification du centre, mais dont les offres n'avaient pas eu l'heur d'être retenues.

# 22

Léopoldine tournait et retournait entre ses doigts le papier que lui avait remis Cécile : *Espace culturel. RST. Enveloppe.* Ni la Vierge Marie qu'elle avait invoquée ni ses petites cellules grises qu'elle avait mises à la torture ne lui avaient permis d'entrevoir ce que diable tout cela pouvait signifier.

*Non, pas « que diable », pardonnez-moi, Vierge Marie. Il faut que je surveille mon langage...*

Pas plus qu'elle, Jérémie Mathieu, auquel elle avait parlé de la découverte de Céline, n'avait découvert le sens des gribouillages de Weberlé. Évidemment, elle se doutait bien qu'« espace culturel » faisait allusion au grand projet de Marius Gruber que Weberlé avait combattu en son temps. Mais le maire avait obtenu gain de cause, et les travaux de cet ambitieux complexe, qui comprenait une salle des fêtes aménageable en salle de spectacle et une médiathèque, devaient débuter très prochainement. Et Weberlé ne serait plus là pour maugréer que l'on dilapidait l'argent public et que c'était le village tout entier qui allait avoir à en payer la facture. Mais à quoi pensait Weberlé en écrivant *RST* et *enveloppe* ? Mystère et boule de gomme.

Ça n'avait sans doute aucun rapport avec le meurtre. Mais Léopoldine n'avait plus d'autre piste à explorer. Et puis, comme le journaliste lui avait dit que deux de ses collègues, émules de Champollion, travaillaient à déchiffrer le sens caché de ces quelques mots, elle avait décidé de relever le gant. Après de longues et stériles réflexions, elle en arriva à cette lumineuse conclusion : deux hommes, au moins, sauraient sans doute de quoi il retournait : le maire, initiateur du projet, et Évariste Hittler qui, en tant que secrétaire de mairie, avait mis la main à la pâte. Des deux, Évariste était évidemment le plus maniable.

Et c'est ainsi que la postière, lestée de quelques *bredala*, frappa quelques heures plus tard à la porte de Marie Morris qu'elle savait à la maison. Elle s'était également assurée qu'Évariste était encore à la mairie : mieux valait d'abord tâter le terrain en l'absence du « grand couillon ». Depuis qu'elles s'étaient liguées pour l'extraire de la paille humide du cachot, les deux femmes étaient devenues plus proches et affichaient une belle complicité. Aussi Léopoldine n'hésita-t-elle pas un instant, une fois les civilités d'usage accomplies – *schmutz, schmutz*[1] – à exhiber son bout de papier sous le nez de Marie et à lui demander :

— J'ai besoin de tes lumières. T'as une idée de ce que ça veut dire ? Ton mari t'a peut-être mise au courant ?

1. Bisou, bisou.

Ayant évacué le trop évident « centre culturel », Marie resta songeuse.

— RST, RST, j'ai déjà vu ce sigle quelque part... Mais oui, bien sûr, ça veut dire « responsable des services techniques ». Une appellation pompeuse pour qualifier l'une des attributions d'Évariste à la mairie. Lui, il prétend être directeur des services techniques, mais sur les papiers officiels, il n'en est que le responsable.

— Mais dis-moi, quel rapport avec le centre culturel ? Il a mis son nez là-dedans ?

— Forcément. Je crois même qu'il a dû faire produire un rapport à ce propos. Je ne sais pas exactement de quoi il s'agissait, mais je me souviens qu'il suait sang et eau.

— Oui, oui, oui, oui. Mais l'enveloppe ?

— Alors, ça, aucune idée. Mais tu n'as qu'à revenir quand il sera là, dans deux heures environ. En attendant, je te sers un petit marc ?

Deux (ou trois ?) petits marcs plus tard, Léopoldine décida de rentrer chez elle. Une nouvelle idée venait de titiller son esprit : pourquoi ne pas composer une nouvelle lettre anonyme à propos du centre culturel pour aider les langues à se délier et, peut-être, à faire découvrir certaines vérités cachées ? Mais cette fois, pas question de s'adresser à Gégé. La pauvre n'y comprendrait goutte. Léopoldine se croyait tout à fait capable de composer des vers, fussent-ils de mirliton.

Journal, ciseaux, colles et gants : elle n'avait rien oublié. Restait à trouver l'inspiration. Voyons : ***Il s'en***

***passe de belles – Au centre culturel.*** Oui, bon. La rime était acceptable, mais le nombre de pieds n'y était pas. Tant pis : ça ressemblait bien à du Gégé. Et après ? Ah oui, utiliser le mot « enveloppe ». Mais quelle rime à « loppe » ? « Interlope », ça sonnait bien et ça signifiait « d'apparence suspecte ». Eh bien, voilà ! Trente minutes plus tard, Léopoldine contemplait son chef-d'œuvre avec une certaine satisfaction : ***Il s'en passe de belles – Au centre culturel – Et cette enveloppe – Est bien interlope.***

C'est donc avec la satisfaction d'avoir contribué à faire avancer l'enquête, le cœur léger et la conscience en paix, que Léopoldine retourna chez Marie Morris qui l'attendait en compagnie d'Évariste, nettement moins flamboyant depuis qu'il avait été mis en examen et avait passé deux nuits en prison. Nouvelle tournée de *bredala* – qu'Évariste repoussa du geste – et de marc de gewürtz, dont il avala trois verres sans reprendre son souffle.

— Et maintenant, si vous m'indiquiez ce que vous attendez de moi ? Marie n'a rien voulu me dire avant que vous arriviez.

— Dis-lui. Après tout, c'est de toi que vient l'initiative, répondit la directrice d'école en s'adressant à Léopoldine.

— Je voudrais que vous nous parliez du centre culturel, monsieur Hittler.

— Et en quoi ça vous regarde ? rétorqua Évariste d'un ton rogue et se dressant sur ses ergots.

Marie jugea bon d'intervenir :

— Écoute, grand couillon. Si tu es sorti de prison, c'est uniquement parce que Léopoldine est intervenue. Je ne te demande pas de lui dire merci. Mais tu pourrais l'écouter et lui parler autrement, tu ne crois pas ?

— Oui, bon, reconnut Évariste, penaud. Je vous remercie, Léopoldine. Que voulez-vous savoir ? Le centre culturel va bientôt être construit grâce à monsieur le maire, et tout le monde est content. Sauf Weberlé. Mais il n'est plus là pour en parler.

— Et pourquoi n'était-il pas content ?

— Parce que le culturel, il s'en moquait, Weberlé. Il pensait que ça allait grever les finances de la commune.

— Et c'est vrai ?

— Oui, sans doute. Mais le prestige, Léopoldine, le prestige !

Comme la postière semblait chercher ses mots, Marie prit le relais :

— Il a dû y avoir un appel d'offres pour ce centre culturel ?

— Bien sûr, tout a été fait dans les règles, *schatzala*.

— Et qui a emporté le morceau ?

— Zitterlin, le conseiller général. Un copain du maire.

Un copain du maire ? Quatre mots qui firent soudain tilt dans le cerveau de Léopoldine qui reprit la direction des opérations.

— Et il y a eu combien d'offres, à part celle de Zitterlin ?

— Une seule. Celle de l'entreprise Martin.

— Et bien entendu, elle était plus chère. Et c'est pour cela que c'est l'offre de Zitterlin qui a été retenue.

— Euh, pas tout à fait…

Évariste eut brusquement l'impression de se sentir dans la peau du chrétien que l'on pousse dans l'arène où se trouvent deux féroces lions prêts à le dévorer tout cru. Il ne vit pas le clin d'œil de Léopoldine à Marie qui reprit à la volée :

— Pas tout à fait, grand couillon, ça veut dire quoi exactement ? Que Zitterlin était plus cher ?

— Euh, oui. Mais il était bien meilleur.

— Et c'est pour ça que c'est son projet qui a été retenu ?

— Euh, pas exactement. Tu vois, *schatzala*, avant, il a fallu faire une enquête technique complémentaire. À l'ouverture des appels d'offres, on a constaté que le projet Zitterlin était plus cher que le projet Martin. On ne peut pas retenir le projet le plus cher comme ça. Il faut prouver qu'il est meilleur.

— Et qui a fait cette enquête technique complémentaire ?

— Eh bien, moi, en tant que directeur des services techniques.

— Et tu as donc prouvé que le projet Zitterlin était bien meilleur et justifiait quelques euros supplémentaires.

— Eh oui !

Les portes de l'arène venaient de se refermer. Tout compte fait, les lions n'étaient pas affamés.

Ni Marie ni Léopoldine n'avaient tiqué sur le titre

de directeur dont s'était affublé Évariste. Inutile de le mortifier. En revanche, la postière bondit de nouveau sur l'os qui n'avait pas été totalement rongé :

— Et bien sûr, vous avez pu refaire tous les calculs et déceler les imperfections du projet Martin. D'ailleurs, votre épouse m'a dit que vous aviez sué sang et eau là-dessus. Bravo, Évariste ! Je ne vous connaissais pas tous ces talents. Heureusement que vous étiez là.

Tel le corbeau de la fable, Évariste ne vit que les louanges qui lui étaient tressées. Il ne distingua pas un instant le piège, pourtant grossier, qui venait de lui être tendu. Il ouvrit un large bec et…

— C'est-à-dire que le maire m'a aidé. Vous savez qu'il est expert-comptable. Alors, pour certains passages, il a rectifié lui-même.

— Mais il vous a laissé signer quand même, car c'est vous qui aviez fait le plus gros, n'est-ce pas ?

Les portes de l'arène s'ouvrirent une nouvelle fois : les lions étaient toujours là.

— Euh, le plus gros, peut-être pas…

Le numéro de duettistes des deux femmes était bien réglé. Marie rentra dans la mêlée :

— Dis-moi, grand couillon, le soir où tu es revenu de la mairie avec toutes ces notes de l'écriture du maire et que tu les as recopiées, c'était pour ton enquête technique complémentaire ?

Évariste mentait rarement à son épouse. Il lui avait même avoué ses entorses à la morale conjugale. Bête, mais honnête. Et il était acculé. Il répondit donc simplement :

— Ben oui, *schatzal*a. En fait, il y a plusieurs passages qui sont de sa main. Moi, je les ai simplement recopiés. C’est bien moi qui ai signé l’enquête technique complémentaire. Mais c’est le maire qui a fait le plus gros.

Et les lions bondirent sur le chrétien.

Marie et Léopoldine échangèrent un long regard : elles pensaient connaître maintenant la signification du mot « enveloppe ».

# 23

— Je vous ai réunis ce soir pour les besoins de l'enquête. Vous m'avez tous aidé, directement ou indirectement, à progresser pour trouver qui a tué Joseph Weberlé. Et si nous ne connaissons pas encore le meurtrier, je crois que nous approchons du but. Mais il me faut encore préciser certains détails qui ne sont pas clairs et j'espère que vous allez pouvoir m'aider.

Ainsi s'exprimait l'adjudant Ledoux, ce samedi 5 mai, dans la grande salle du conseil municipal mise à sa disposition par Marius Gruber.

Après les piteux aveux d'Évariste Hittler concernant la rédaction du rapport technique complémentaire, le secrétaire de mairie étant parti cuver son humiliation au Joyeux Vigneron, la postière et la directrice d'école n'avaient pas mis longtemps à aboutir à une conclusion identique. C'était Marie qui avait attaqué :

— Je crois qu'il faut tout dire à l'adjudant Ledoux.

Léopoldine avait dû convenir qu'il y avait des choses qu'il était désormais difficile de taire à l'enquêteur. Néanmoins, et sans l'avouer à Marie, elle avait décidé de garder quelques munitions par-devers elle. Et puis, il y avait toujours ce sentiment qu'il y avait un détail quelque part qu'elle avait négligé. Comme un trait de lumière qu'elle n'aurait pas vu.

— Oui, Marie, j'ai fait tout ce que je pouvais. Je ne peux pas aller plus loin. Ça m'ennuie de l'avouer, mais c'est à l'enquête officielle de prendre le relais. Nous ne sommes pas dans un roman policier : je ne vais pas pointer le doigt sur le coupable devant tout le monde et le prendre par le col pour l'amener devant la justice. D'ailleurs, je manque de preuves.

Et c'est ainsi que deux jours plus tard – elles s'étaient donné le temps de confronter leurs points de vue et de s'accorder sur ce qu'elles allaient dire –, les deux femmes s'étaient rendues en délégation dans le bureau de la mairie, où l'adjudant et deux enquêteurs tenaient leurs assises. Ce qui consistait, pour Schmitterlin, à s'exercer les pouces sur son iPhone X, tandis que les deux autres gendarmes étaient penchés sur un rapport qui mobilisait toute leur attention. À leur entrée, l'adjudant avait levé les yeux, et un grand sourire avait éclairé sa face.

— Bonjour, madame la directrice, bonjour, miss Marple, avait-il claironné, particulièrement jovial. Que puis-je pour vous ?

— Je crois que nous avons des informations à vous communiquer, avait dit prudemment Marie.

— Des informations ? avait tonitrué le gendarme. Je suis preneur. Elles me serviront sans aucun doute à boucler le dossier. Surtout si elles émanent de personnes aussi avisées que vous.

Les deux femmes s'étaient regardées : le gendarme n'était-il pas en train de se moquer ? Déjà, il enchaînait :

— Mais avant que vous me les communiquiez, j'ai deux mots à dire à miss Marple en particulier. Je demande à tout le monde d'aller faire un tour dehors et de revenir dans cinq minutes. Y compris vous, madame la directrice. Je n'en aurai pas pour plus longtemps. Merci.

Lorsque l'adjudant et la postière s'étaient retrouvés seuls, Léopoldine, légèrement inquiète et se demandant ce qui motivait cette poussée d'adrénaline chez Ledoux, avait attaqué la première, sur le mode plaisant :

— Alors, adjudant, vous voulez me voir toute seule ? Vous savez, je n'ai plus l'âge des rendez-vous.

— Vous vous méprenez, mademoiselle. Je ne songe pas à vous conter fleurette. Je veux simplement vous proposer un marché. Sans entourloupe, cette fois.

Et avant de poursuivre, il avait exhibé un sourire carnassier auquel Léopoldine avait répondu par une moue interrogatrice.

— Je connais vos talents, mademoiselle. Je pense également que vous détenez des informations qui seraient bien utiles à la manifestation de la vérité.

— Mais c'est précisément pour vous les donner que nous sommes venues vous voir, madame Morris et moi.

— Eh bien, j'en suis fort aise. Et pour vous encourager à ne rien me cacher cette fois, je tiens à vous dire que je sais qui est le corbeau. Je pourrais même faire coup double, voyez-vous, puisque le corbeau a un petit frère. Ou plutôt une petite sœur. Vous me suivez ?

Léopoldine avait senti passer le vent du boulet et jugé opportun de rester coite.

— Eh oui, moi aussi, je recueille les confidences : celles de Céline Weberlé et du journaliste des *DN* qui m'ont parlé des gribouillages de Weberlé. Or, vous étiez la seule, avec eux, à avoir vu ces gribouillages. Conclusion ?

La postière avait piqué du nez :

— Oui, c'est bien moi qui ai écrit ce mot. Vous allez me mettre en prison ?

— Comme vous y allez ! Parce que vous avez poussé quelques croassements ? Non. Pas plus que je ne mettrai en prison madame Gruber qui est venue également me faire ses aveux. Je vais même faire comme si je ne savais rien. Mais il y a une condition, évidemment.

Léopoldine, qui depuis quelques secondes voyait sa photo à la une des *DN* sous le titre : « Le corbeau d'Oberwihrheim, c'était la postière ! » avait retenu son souffle.

— Cette fois, vous allez me dire tout ce que vous savez. Pas comme la dernière fois. Léopoldine avait promis tout ce qu'on voulait… et dit presque tout. Le lendemain, les quelques habitants d'Oberwihrheim qui avaient à faire à la poste en avaient été pour leurs frais. Punaisée sur la porte fermée, une affiche portait ces quelques mots : FERMETURE EXCEPTIONNELLE POUR

CAUSE EXCEPTIONNELLE. On avait interrogé Germaine Gruber qui passait par là, Évariste Hittler qui effectuait une permanence à la mairie : ils ne savaient rien. On était allé sonner chez Léopoldine, à la maison : personne n'avait répondu. Deux lettres recommandées et trois colis étaient restés en instance, attendant des jours meilleurs pour parvenir à leurs destinataires.

Plus tard, bien plus tard, il s'était raconté qu'une petite voiture sang-de-bœuf sans permis avait été vue ce jour-là, fonçant de toute la vitesse de ses quarante-cinq kilomètres-heure, coupant les virages, tanguant d'un bord de la route à l'autre, sans jamais s'aventurer sur l'autoroute, en divers endroits du centre de l'Alsace. Le lendemain, la poste avait ouvert aux heures habituelles. En réponse aux questions sur son absence de la veille, Léopoldine répondait invariablement, le sourire aux lèvres, par le même gros mensonge : « Maman a eu un problème de santé. » Seule Marie avait eu droit à une autre explication : « Depuis plusieurs jours, j'avais l'impression d'avoir oublié un détail, laissé échapper une information. Brutalement, je me suis souvenue. Il fallait donc que je vérifie plusieurs choses. Maintenant, c'est fait. » Mais même Marie n'en avait pas su plus.

Et c'est ainsi que dès le lendemain Léopoldine s'était retrouvée dans la grande salle du conseil municipal, bourrée à craquer, pour ce qui promettait d'être l'élucidation du meurtre de Joseph Weberlé et le jour de gloire de l'adjudant Ledoux. L'assistance était passablement hétéroclite. Il y avait là, au premier rang, le maire Marius Gruber et son épouse Germaine, dite Gégé, dite Choupette, tous deux fort dignes. Pour l'occasion, Gégé avait mis sa belle robe à fleurs mauves « qui lui allait si bien au teint », lui avait assuré Léopoldine. Ledoux lui ayant également promis l'impunité, elle attendait patiemment, le sourire aux lèvres, que le rideau se lève. À leurs côtés, Marie Morris et Léopoldine, qui affichaient l'air entendu de « celles qui savent », avaient pour voisine Céline Weberlé, la fille de la victime, qui avait l'air en visite. Plus tendus, Évariste Hittler et Nesti Reibel qui, pour l'occasion, avait mis sa salopette du dimanche. Puis, se répartissant derrière eux par affinités, Constantin Fuchs et son copain Léonard Schnell, Jean Trollinger, patron de la *wistub* Le Joyeux Vigneron, plus deux autres vignerons, Gustave Meyer et Alphonse Muller, ceux-là mêmes qui s'étaient écharpés en plein conseil municipal et qui, bien que se regardant en chiens de faïence, s'étaient assis côte à côte. Héloïse et Romain, se tenant par la main, étaient seuls au monde. D'autres habitants d'Oberwihrheim étaient là aussi, venus en curieux.

Il y avait encore quelques personnages étrangers au village qui n'étaient pas connus de tous les assistants. Le conseiller général Ralf Zitterlin, qui allait construire le centre culturel du village, promenait sur l'assistance un regard de père noble. À ses côtés, le grand chambellan de la confrérie Saint-Étienne, Maurice Dubois, avait l'air très intéressé par les moulures du plafond. L'acheteur Patrick Salomon, en revanche, regardait l'adjudant avec attention et, semble-t-il, avec appréhension. Dans un coin, Jérémie Mathieu, le journaliste des *DN* que tout le monde connaissait au moins de vue, était en grande conversation avec son confrère de *L'Alsace* et deux autres journalistes, les dénommés Jules Lang, le chéri de ces dames, et Georges Kurtz, grand dadais efflanqué qui regardait l'assemblée tel un entomologiste observant une collection de coléoptères. Enfin, isolé des autres, un personnage d'une cinquantaine d'années, jean moulant et T-shirt noir sur le torse duquel se répandaient plusieurs colliers, les bras tatoués croisés sur la poitrine, que d'aucuns se souvenaient vaguement d'avoir vu quelque part sans arriver à savoir où. Une trentaine de personnes en tout, qui attendaient que l'adjudant Ledoux, face à eux, frappe les trois coups.

— Je dois préciser qu'il s'agit d'une réunion informelle. Vous avez accepté tous d'y participer sans y être obligés et je vous en remercie. Je ne vais pas vous demander de témoignages officiels. On va essayer ensemble, si vous les voulez bien, d'y voir un peu plus clair dans ce meurtre. Je vais d'abord vous dire, pour celles et ceux qui ne connaissent que des bribes de l'affaire, comment je vois les choses…

*Bon, je crois que j'ai capté leur attention. Le démarrage est bon. Faut pas que je me relâche.*

— Le 14 avril au matin, Léopoldine Piquavoine, ici présente, découvrait le cadavre de Joseph Weberlé dans le confessionnal de l'église. On a pu déterminer qu'il avait été tué la veille, après vingt-trois heures et avant vingt-trois heures vingt. Il avait été frappé vraisemblablement par une batte de base-ball dans le cimetière, mais n'était pas mort sur le coup et avait réussi à se traîner jusqu'au confessionnal.

Il y eut comme une légère houle dans l'assistance. Ce n'étaient pas tant les paroles de l'adjudant qui étonnaient que la révélation du nom de famille de la postière que la plupart des gens ne connaissaient que par son prénom : ainsi Léopoldine s'appelait Piquavoine ? Évariste Hittler osa un léger sourire : il n'était pas le seul à être affublé d'un nom bizarroïde…

Les faits ne prêtant cependant pas à contestation, Ledoux poursuivit :

— Très vite, j'appris que monsieur Weberlé s'était violemment querellé la veille avec monsieur Salomon, ici présent, qui fut donc mon premier suspect. Mais monsieur Salomon avait un alibi en béton armé : à l'heure approximative du meurtre, il subissait un contrôle de police à vingt kilomètres d'ici. Fin de la piste Salomon.

Toutes les têtes se tournèrent vers l'acheteur de grande surface qui ne put réprimer un soupir de soulagement : le gendarme n'avait pas évoqué les dessous de sa querelle avec Weberlé. Il est vrai que Ledoux n'avait pas non plus très envie de s'étendre sur le sujet : il avait vraiment cru tout d'abord à la culpabilité de Salomon.

— Et puis, où aurait-il trouvé une batte de baseball ?

C'était Léopoldine qui venait de mettre son grain de sel. Pas fâchée de titiller l'officiel enquêteur, nonobstant l'accord qui les liait. Ledoux réagit au quart de tour :

— Chère Léopoldine Piquavoine, nous ne savions pas alors quelle était l'arme du crime. Et monsieur Salomon, golfeur émérite, avait dans le coffre de sa voiture des clubs qui auraient très bien pu assommer Weberlé. Il se trouve que les analyses ont démontré par la suite qu'aucun des clubs ne pouvait être cette arme du crime.

Quinze partout. Ledoux s'inclina légèrement vers la postière :

— Me permettez-vous de poursuivre ?

Léopoldine opina d'une grimace.

— Bien sûr, monsieur Weberlé s'était fait de nombreux ennemis, tant au village qu'à l'extérieur. Mais qui lui en voulait assez pour le tuer ? Le meurtrier avait-il agi sur un coup de sang ou avait-il prémédité son crime ? La préméditation nous est clairement apparue lorsqu'une batte de base-ball a disparu à la mairie.

Nouveau frisson dans l'assistance d'où jaillit une voix claire, celle de Marie Morris :

— C'est celle de mon mari. Elle se trouvait bien à la mairie. Mais tout le monde le savait et tout le monde pouvait entrer à la mairie.

— Tout le monde effectivement. Mais trois personnes seulement savaient où elles avaient été déplacées : le maire, le secrétaire de mairie et l'ouvrier municipal.

— Mais ils ont pu le dire à d'autres personnes.

— Vous avez encore raison, madame la directrice. Malgré tout, c'est vers votre mari que j'ai d'abord dirigé mes soupçons. Il avait surpris Weberlé dans le cimetière en train de jouer au voyeur. Me permettez-vous de dire qui il épiait ainsi ?

— Oh ! toutes les femmes qui ne fermaient pas leurs volets. Et surtout moi, admit tranquillement Marie Morris. Et mon mari l'a surpris, mais il ne l'a pas tué.

— Non, il n'avait pas sa batte à ce moment-là ; il lui a simplement infligé une correction et il est parti au Joyeux Vigneron, m'a-t-il dit. Et puis, avec l'aide de la petite Héloïse et de Léopoldine, vous lui avez fourni un alibi.

— C'est vrai, intervint Héloïse, et je le répète, l'homme qu'on a vu sortir du cimetière, bien après le mari de la directrice, était petit et gros. Tout le contraire d'Évariste.

— Devant une telle unanimité, il ne me reste qu'à m'incliner, admit le gendarme. C'est d'ailleurs ce que j'ai fait quand le secrétaire de mairie a été remis en liberté. J'avais déjà un autre suspect en tête… Vous parlez alsacien, madame la directrice ?

— Oui, mais je ne vois pas…

— Je vais m'adresser à quelqu'un qui ne saisit pas toutes les nuances du français. J'aimerais que vous traduisiez, si nécessaire.

Et son regard se tourna vers Nesti Reibel, lequel se mit instinctivement au garde-à-vous.

— Monsieur Nesti, vous avez bien dit que vous vouliez faire manger les pissenlits par la racine à monsieur Weberlé ?

— Oui, m'n adjudant. Mais je l'ai pas fait. C'était juste façon de parler. Quelqu'un l'a fait à ma place.

— Et je le sais bien, monsieur Nesti. Le soir du meurtre, vous n'étiez pas à Oberwihrheim. Vous vous êtes rendu à Eckbolsheim, au Club des amis de Johnny Hallyday, où vous avez rencontré plusieurs personnes dont ce monsieur.

Du doigt, l'adjudant désigna l'homme aux colliers et aux bras tatoués qui cultivait une vague ressemblance avec l'idole des jeunes et des pas si jeunes, mort quelques mois plus tôt. Le tatoué confirma :

— Ouais, il était avec nous, ce brave Nesti. Même qu'il nous a amené un disque de Johnny que je ne connaissais pas.

— Io, salut, Changi, je t'avais pas vu, dit Nesti. Oui, on a bu de la bière et écouté Tchonni une partie de la nuit. Mais ta sono, elle est pas très bonne. Il faudra que tu viennes chez moi tout à l'heure… Tu verras, c'est autre chose…

— T'es au courant pour le disque qui va sortir bientôt ?

— Évidemment : je crois même que ça s'appelle *Mon pays, c'est l'amour*. Ils disent, dans le poste, que c'est un album costume. Ça veut dire que Tchonni est bien habillé ?

— Ça veut dire qu'il est sorti après sa mort. C'est pas « costume », c'est « posthume ». On ira l'écouter chez toi.

— C'est passionnant, tout cela, mais je suis obligé de vous interrompre, les coupa Ledoux au milieu des rires. On reparlera de ça un peu plus tard, si vous le voulez bien. Moi aussi, j'aime Johnny. Grâce à lui, je sais maintenant que vous ne pouvez pas être coupable, monsieur Nesti. Mais alors, qui ?

Les rires se turent. Les regards de Léopoldine et de Marie convergèrent vers leur voisin qui avait croisé les bras sur sa poitrine, tranquille comme Baptiste.

— Monsieur Gruber, pouvez-vous vous lever et venir jusqu'à mon bureau ? demanda Ledoux. Je voudrais vous montrer quelque chose.

Le maire se leva posément et fit quelques pas. Du fond de la salle jaillit alors un cri :

— C'est lui !

# 24

— C'est lui, je vous dis ! Je le reconnais. C'est l'homme que j'ai vu sortir du cimetière. Là, j'peux pas me tromper. Il…

L'adjudant leva le bras pour interrompre ce cri du cœur :

— Calmez-vous, jeune homme. Et dites-nous d'abord qui vous êtes. La plupart d'entre nous ne vous connaissent pas.

— Je m'appelle Romain. J'habite Ingersheim et je suis... euh…

— C'est mon fiancé, compléta Héloïse. Il était avec moi le soir du meurtre et nous nous promenions dans le village.

— Et donc, jeune homme, vous avez reconnu monsieur Gruber. Vous l'aviez déjà vu auparavant ?

— Non, c'est la première fois que je le vois ce soir. Enfin, je veux dire la deuxième. Mais c'était bien lui qui sortait du cimetière.

— Mais il faisait nuit noire. Vous êtes bien sûr de vous ?

— Il est passé sous un lampadaire à côté du cimetière. J'ai vu son visage à ce moment-là. Je ne peux pas me tromper. Et puis, il y a autre chose : quand il marche, ses chaussures font du bruit. Et ça, je l'avais aussi entendu au cimetière…

— Bien, je vous remercie, conclut l'adjudant avec un léger sourire.

Il n'avait demandé à Gruber de s'approcher de son bureau que pour que l'assemblée puisse se rendre compte que les chaussures du maire faisaient « grouik, grouik » quand il se déplaçait. Il ajouta à l'intention du maire :

— Vous pouvez retourner à votre place.

Deuxième séance de « grouik, grouik ». Le maire, cependant, n'avait pas bronché. Son visage était resté impassible, comme s'il n'était pas concerné. En s'asseyant, il jeta un regard sur son épouse et lui fit de la main un geste apaisant, comme pour lui dire : « Ne t'inquiète pas, Choupette, tout va bien se passer. » Laquelle Choupette commençait tout de même à comprendre que ça sentait le roussi pour son homme.

— Monsieur le maire, enchaîna le gendarme, il semblerait que monsieur Weberlé, de son vivant, ait eu vent d'une intervention de votre part dans l'attribution des travaux du centre culturel. Il vous aurait même accusé d'avoir touché une enveloppe de la part de votre ami, monsieur Zitterlin, qui a remporté l'appel d'offres.

— C'est un mensonge. Je n'ai arrosé personne, gronda Ralf Zitterlin qui s'était levé. Je vous défie de prouver quoi que ce soit !

Gruber, tassé sur son siège, ne bougeait toujours pas. Il esquissait même un léger sourire…

— Bien, je voudrais maintenant donner la parole à monsieur Meyer. Vous êtes là, monsieur Meyer ?

Mettant sa main en visière au-dessus de ses yeux, l'adjudant plongea son regard dans la salle.

— Je suis là, répondit une voix grave.

Gustave Meyer était l'un des deux énergumènes qui s'étaient empoignés en plein conseil lorsque Weberlé avait demandé que l'on expulse Nesti de sa maison.

— Monsieur Meyer, avez-vous vu le maire le soir du 13 avril dernier ?

— Le soir où Weberlé a été assassiné ? Oui, je l'ai vu. C'était bien après la fin du conseil. Je revenais du Joyeux Vigneron et je l'ai vu qui marchait dans la rue. La rue qui vient du cimetière. Il m'a vu, n'a rien dit. Je lui ai dit : « Bonsoir, monsieur le maire. » Il m'a même pas répondu, ce malpoli. Il devait être encore sous le coup de ce qu'il venait de faire...

— Merci, monsieur Meyer. Vous pouvez vous rasseoir.

Gustave Meyer, on l'aura compris, faisait partie du clan Weberlé. Tout faraud, et très satisfait d'avoir un peu plus enfoncé le maire, le vigneron regagna sa place.

Gruber souriait toujours.

— Maintenant, monsieur Kurtz, à votre tour. Je voudrais vous poser quelques questions.

Le grand dadais efflanqué qui se trouvait au côté de Jérémie Mathieu répondit d'une voix affirmée :

— Je vous écoute.

— Pour ceux qui ne vous connaissent pas, je précise que vous êtes journaliste aux *Dernières Nouvelles* et qu'à la demande de votre rédacteur en chef, vous vous êtes plongé dans le dossier d'appel d'offres pour le centre culturel d'Oberwihrheim.

— Oui, j'ai étudié les deux réponses à cet appel d'offres : celle de monsieur Zitterlin et celle de monsieur Martin. Et aussi le rapport technique complémentaire.

— Et alors ?

— Alors, c'est l'offre de monsieur Zitterlin qui a été retenue. C'était la mieux-disante.

— Oui, mais n'y a-t-il pas eu une intervention pour qu'elle devienne « mieux-disante », comme vous dites ?

— Vous voulez parler du rapport technique complémentaire ? Oui, c'est lui qui a permis à monsieur Zitterlin de l'emporter, au final.

— Qui a demandé ce rapport technique ? Et qui l'a rédigé ?

— C'est le maire qui l'a demandé et le responsable des services techniques, monsieur Hittler, qui l'a rédigé.

— Êtes-vous certain que monsieur Hittler l'ait rédigé tout seul ?

— Non, bien sûr, il a été aidé par monsieur Gruber. Mais...

— Merci, monsieur Kurtz, trancha l'adjudant. Je crois que nous en savons assez pour l'instant.

L'adjudant se tourna vers Marius Gruber :

— Monsieur le maire, êtes-vous sûr que vous n'avez rien à nous dire ?

Tranquillement, pesamment, Gruber se leva, se tourna vers ses administrés et prit une profonde inspiration :

— Mesdames, mesdemoiselles, messieurs, ce n'est pas sans une certaine émotion qu'appelé à prendre la parole devant vous pour vous raconter par le détail les circonstances dans lesquelles j'ai été amené à rencontrer le premier adjoint au soir de ce funeste 13 avril de sinistre mémoire qui restera marqué d'une pierre noire dans l'histoire de ce village ordinairement si paisible, ce n'est pas sans une certaine émotion, disais-je, que je vais...

— STOP !

La voix de Léopoldine, qui venait de claquer, coupa net le maire dans son envolée. Raide comme la justice, le menton haut, le regard furibond, elle se mit à apostropher le maire en des termes et sur un ton qu'on ne lui avait jamais connus :

— C'est pas un peu fini, Marius ! T'es pas en campagne électorale, là ! T'es en train d'essayer de sauver ta peau. Alors, tu vas nous raconter gentiment et simplement, surtout simplement, ce que t'as fait ce soir-là, t'as compris ?

On vit alors, pour la première fois dans l'histoire de son mandat municipal, Marius Gruber, dompté par l'autorité de la postière, s'exprimer de façon claire et concise. Il savait donc parler comme tout le monde ?

— Après le conseil municipal du 13 avril dernier,

je suis allé avec quelques conseillers boire un verre à La Taverne alsacienne, pas Le Joyeux Vigneron où se trouvaient monsieur Meyer et ses amis. Après avoir quitté la *wistub* pour rentrer chez moi, je suis passé devant le cimetière. J'ai vu une tête qui dépassait du mur. En m'approchant, je me suis rendu compte que c'était Weberlé. J'ai très vite compris ce qu'il faisait. J'ai crié : « Espèce de gros dégueulasse, voilà donc à quoi tu occupes tes soirées depuis que ta femme t'a quitté ? » Il s'est retourné, m'a répondu : « Gros dégueulasse toi-même ! Si tu crois que je ne sais pas comment t'as trafiqué l'appel d'offres ! Il t'a filé combien, Zitterlin ? » Je me suis demandé alors si j'avais bien fait d'aider Évariste à faire son rapport technique complémentaire, mais bon, ce n'était pas très grave... Je lui ai répondu quelque chose comme : « J'ai la conscience tranquille, vieux dégoûtant. On ne peut pas en dire autant de toi qui trafiques tes vins. Tu sais qu'il y a une enquête ouverte ? Et quand je vais raconter à tout le monde que tu joues au voyeur... » Il m'a répondu : « Je sais bien que je suis foutu. D'ailleurs, Évariste m'a déjà cassé la gueule il y a dix minutes. Mais si je tombe, tu tomberas avec moi. J'aurai les preuves, crois-moi, j'aurai les preuves ! » J'ai haussé les épaules et je suis parti, voilà tout.

— Tout cela est bel et bien, monsieur le maire, dit l'adjudant après quelques secondes. Mais je ne pense pas que ça suffira à nous convaincre que vous n'êtes pas l'assassin de Weberlé. Vous aviez un mobile et vous étiez dans le cimetière à l'heure du meurtre. En fait, tout ce qui nous manque, c'est l'arme du crime.

Mais on finira par la retrouver, croyez-moi. Vous ne croyez pas que vous feriez mieux d'avouer ?

— Monsieur Ledoux !

C'était Léopoldine qui reprenait la parole. Sans véhémence, cette fois.

— Monsieur Ledoux, nous ne sommes pas dans un tribunal où vous seriez le procureur. Mais si vous voulez jouer au procureur, permettez-moi de jouer à l'avocat de la défense. Puis-je objecter ?

— Objectez, objectez, mademoiselle Piquavoine.

— Merci, mon général. Je voudrais poser quelques questions complémentaires à monsieur Kurtz, si vous le permettez.

— Mais comment donc !

— Monsieur Kurtz peut-il nous dire s'il est courant qu'après un appel d'offres, on puisse demander un rapport technique complémentaire ?

— Oui, ça arrive.

— Et ce rapport peut alors changer la donne ?

— Ça arrive aussi.

— Vous savez, bien sûr, que monsieur Weberlé a écrit une note qui laisse croire que monsieur Gruber avait touché une enveloppe de la part de monsieur Zitterlin.

— Oui, oui, j'ai vu cette note. Elle semble dire que le rapport technique complémentaire a également pesé sur la décision et que tout n'est pas clair dans cette histoire.

— Et alors ?

— Et alors, rien.

— Comment, rien ?

— Je peux vous assurer qu'il n'y a rien d'illégal dans tout cela. Tout au plus pourrait-on reprocher au rédacteur du rapport technique de s'être fait aider parce qu'il pataugeait. Je suis sûr de moi. Tous les experts que vous pourrez mettre sur l'affaire vous diront la même chose. La meilleure offre, celle qui a été acceptée, était bien celle de monsieur Zitterlin et il n'y a pas eu de tripatouillage.

— Mais alors, j'ai rien fait de mal ?

Évariste Hittler venait de se lever à son tour. Il s'attendait à être montré du doigt et voilà qu'il apprenait qu'il était innocent comme l'enfant qui vient de naître.

Seuls ses voisins entendirent Marie marmonner : « Tais-toi donc, grand couillon. »

Mais déjà Léopoldine reprenait la parole :

— Je voudrais également poser une question à monsieur Meyer. Puis-je, monsieur Ledoux ?

Et sans attendre la réponse :

— Monsieur Meyer, vous avez donc vu le maire rentrer chez lui ce soir-là ? Vous êtes sûr que c'était bien lui ? Vous l'avez reconnu dans le noir ?

— Si je l'ai reconnu ? Bien sûr que je l'ai reconnu. Il y a un lampadaire juste devant sa maison et il est passé dans la lumière. C'était comme s'il faisait plein jour.

— Les lampadaires restent donc allumés toute la nuit ?

— Ils s'éteignent à vingt-trois heures, vous le savez

aussi bien que moi. D'ailleurs, j'ai entendu sonner onze heures à l'église deux minutes plus tard.

— Merci, monsieur Meyer. Merci beaucoup.

Léopoldine se rassit. Elle avait fini par trouver quel était le petit détail qui l'avait troublée. Un petit détail qui démolissait le savant édifice échafaudé par l'adjudant Ledoux. Comprenant alors qu'il avait fait fausse route, ce dernier décida aussitôt de reprendre la main tout en s'efforçant de rester beau joueur. Dans le silence de cathédrale qui s'était installé à la suite de l'intervention de Léopoldine, il reprit la parole, s'adressant au maire :

— Vous n'aviez donc, monsieur Gruber, aucun mobile pour vous en prendre à Weberlé. Et vous n'en avez pas eu l'occasion non plus puisque vous étiez chez vous au moment du meurtre qui est survenu après vingt-trois heures. Monsieur Hittler a tout d'abord surpris Weberlé dans le cimetière et l'a quelque peu malmené. Vous avez eu ensuite une prise de bec avec ce même Weberlé dans ce même cimetière. Ce n'est qu'après qu'un troisième homme est arrivé. Et c'est lui le tueur... L'enquête n'est donc pas close. Mais en attendant, vous pouvez remercier Léopoldine Piquavoine.

Laquelle Léopoldine n'entendait plus rien, en train d'étouffer sous le poids considérable de la reconnaissance conjuguée de Marius et Germaine Gruber qui l'avaient prise en sandwich. Et lorsqu'elle réussit enfin à reprendre son souffle, ce fut pour voir l'adjudant Ledoux s'incliner légèrement devant elle, comme pour rendre hommage à ses petites cellules grises.

La réunion était finie. Ses participants avaient commencé à s'égailler. Dans un coin, Gustave Meyer était en train de manger son chapeau : Weberlé mort, Gruber en prison, il s'était vu un bel avenir de premier magistrat municipal. C'était raté !

Marie Morris avait le regard perdu dans le vague. Dans sa tête résonnait l'air fameux qu'Anton Karas avait composé à la cithare pour le film de Carol Reed, *Le troisième homme*...

# 25

— Je vous ai réunis une nouvelle fois ce soir pour les besoins de l'enquête.

Ainsi s'exprimait l'adjudant Ledoux, quarante-huit heures après avoir dû abandonner son accusation contre Marius Gruber. Bien qu'échaudé par son échec, il avait, cette fois, de bonnes raisons de penser qu'il touchait au but. De toute façon, il avait pris sa décision : s'il se ridiculisait une nouvelle fois, il quitterait la gendarmerie pour s'exiler. Loin, très loin de Léopoldine. Il irait peut-être planter des choux-fleurs dans sa Bretagne natale. Un sien cousin y avait une exploitation agricole et lui ferait volontiers une petite place.

Mais en attendant, c'est devant la même assistance, un peu plus clairsemée, qu'il poursuivait l'argumentation qu'il avait laissée en plan après l'intervention de Léopoldine. Et c'est même à l'instigation de cette dernière qu'il se trouvait là pour l'opération « troisième homme ».

Le matin même, toujours penaud, mais très remonté contre la postière qui l'avait entortillé comme un vulgaire Schmitterlin, il l'avait convoquée :

— Donc, vous ne m'aviez pas tout dit. Et vous m'avez laissé me ridiculiser devant tout le village. Et surtout devant les journalistes.

*Comment, mais comment n'ai-je pas pu me rendre compte que l'extinction des lampadaires à vingt-trois heures rendait mes hypothèses caduques !*

Les pensées de Léopoldine avaient suivi le même chemin :

— Vous ne pouviez pas savoir que le village était plongé dans le noir à cette heure-là. Vous n'êtes pas d'ici. Moi, si. Mais je ne me suis rendu compte de ce détail que la veille de la réunion que vous avez organisée. J'étais allée voir le journaliste Kurtz avec Jérémie Mathieu et il m'a expliqué que l'appel d'offres était tout à fait régulier. C'est après seulement que j'ai pensé à l'extinction des lampadaires. Et comme c'est vous-même qui m'avez dit que le meurtre avait eu lieu après vingt-trois heures...

Elle avait ajouté, d'une toute petite voix :

— Je n'ai pas eu le temps de vous prévenir...

— Pas eu le temps ? Vous plaisantez ?... Et vous me dites maintenant que Jérémie Mathieu aussi était au courant. Décidément, tout le monde savait que le maire était innocent. Sauf moi !

Léopoldine, malgré la victoire de ses petites cellules grises sur la logistique gendarmesque, n'en menait pas large. Elle se doutait bien, maintenant que l'adjudant n'avait plus aucune raison de la ménager, que ses activités croassantes allaient tomber dans le domaine public. Tout comme celles de Germaine Gruber.

Heureusement, elle avait encore quelques cartouches en réserve. C'était le moment ou jamais de les brûler.

— J'ai une proposition à vous faire. Et cette fois, je vous dis tout. Vous allez organiser une autre réunion avec plusieurs personnes. Le plus vite possible. Mais avant, demandez donc à cette and..., à Schmitterlin ce que Waldo lui a donné hier en fin d'après-midi...

C'est ainsi qu'après son exposé liminaire, l'adjudant Ledoux, se tournant vers le patron du Joyeux Vigneron, prononça ces quelques mots :

— Tout d'abord, nous allons entendre le témoignage de monsieur Trollinger le bien nommé.

— Moi, je veux bien, dit le tenancier dont la trogne enluminée témoignait de son assiduité à s'assurer préalablement de la qualité des vins qu'il servait à ses clients. Mais pourquoi vous m'appelez le bien nommé ?

— Parce que le trollinger est un ancien cépage alsacien. Vous ne le saviez pas, *nunndabuckel* ? répondit Ledoux.

Car s'il était novice en matière de choux-fleurs, il s'y connaissait en viticulture. Pas peu fier d'en remontrer à un Alsacien pur jus sur le plan des cépages.

— Mais nous ne sommes pas ici pour une causerie sur les vins, poursuivit-il. Connaissez-vous monsieur Hittler ?

— Ah oui, c'est un bon client. Il vient souvent pour jouer aux cartes ou pour faire des discours.

— Et pas pour boire ?

— Oh ! monsieur Évariste boit très peu. Il doit rester en forme pour jouer au base-ball.

— Et le soir du meurtre de Weberlé, vous l'avez vu ?

— Ah oui, bien sûr. Je m'en souviens bien. Ce soir-là, pour une fois, il n'a pas joué aux cartes, il n'a pas fait de discours. Il s'est mis au comptoir et il a commencé à boire. Une *scheppala*[1], deux *scheppala*, trois *scheppala*. Ça ne lui ressemblait pas.

— Vous confirmez, monsieur Hittler ?

— Oui, j'étais toujours en rogne contre Weberlé.

— À quelle heure avez-vous fermé, ce soir-là, monsieur Trollinger ?

— Comme tous les soirs, à vingt-trois heures. Évariste était mon dernier client. J'ai d'ailleurs eu du mal à le faire partir. Il voulait boire encore une *scheppala*. Finalement, j'ai dû le mettre dehors.

— Et vous êtes alors rentré chez vous, monsieur Hittler ?

— Que voulez-vous que je fasse ? L'autre *winstub* était également fermée. Je suis rentré chez moi, bien sûr.

— Je vais maintenant appeler un témoin crucial. Il se trouve à côté, dans le bureau que monsieur le maire a mis à ma disposition ce soir. Il est avec son grand copain Schmitterlin. Léopoldine Piquavoine, vous qui êtes la grande amie de Waldo, voulez-vous aller le chercher ?

La postière alla ouvrir la porte du bureau, où l'on put voir un bref instant Waldo et Schmitterlin, chacun dans leur coin, agitant leurs pouces sur l'un des jeux proposés par leur smartphone : Schmitterlin et Waldo avaient très exactement le même âge mental.

1. Un demi-litre de vin blanc servi en carafe.

— Viens, Waldo, l'adjudant veut te parler.

Boudeur parce que dérangé dans l'une de ses occupations favorites, mais pas intimidé pour autant, Waldo se campa devant Ledoux :

— Tu veux quoi, mon général ?

— Mon cher Waldo, j'aimerais que tu nous dises ce que tu as fait hier chez le secrétaire de mairie.

— Évariste ?

— Oui, Évariste.

— Mort de rire, c'est *nimp'*, mon général. Léopoldine m'a pas emmené chez Évariste, mais chez la directrice.

La postière opina :

— Oui, je suis allée voir la directrice avec le petit. Elle voulait lui parler. Son mari n'était pas là.

— Pas très assidu à l'école, hein ?

— Non, pas très. Mais c'est un bon petit gars.

— *Askip* un bon p'tit gars. Chuis un ninja !

— D'accord, t'es un ninja, reprit Ledoux. Et quand t'as cessé de parler avec la directrice, qu'est-ce que tu as fait ?

— J'suis allé jouer dans la cour, derrière la maison. Y a un super trampoline. Il est vieux, mais j'ai réussi à faire des figures de malade !

Marie jeta un coup d'œil interrogateur à Léopoldine qui haussa les épaules, l'air navré. Derrière elles, Évariste commençait à s'agiter.

— Et après, Waldo ?

— Après, j'ai construit une tour avec les bûches du tas de bois.

— Et t'as découvert quelque chose sous les bûches ?

— Ben oui, la batte à Évariste !

La foudre tomba sur l'assistance. Marie, consternée, se retourna vers son mari, dont le teint venait de virer au rouge tomate.

— Et t'as fait quoi ensuite, Waldo ?

— Ben, j'ai rangé le tas de bois. Je voulais pas que la directrice me punisse. J'voulais aller à la mairie pour rendre la batte à Évariste. Il savait sans doute plus où il l'avait mise.

— Et tu la lui as rendue ?

— Ben, non, j'ai pris la batte et je suis sorti de la cour. Léopoldine venait de sortir, elle aussi. C'est elle qui m'a dit : « Viens, Évariste n'est pas à la mairie, on va donner ça à Schmitterlin. »

— C'est très bien, Waldo. Tu peux retourner jouer. Mais je vais avoir besoin de ton copain…

L'adjudant se retourna vers son auditoire, au sein duquel le seul bruit audible émanait d'Évariste Hittler qui s'était mis à haleter. La voix de Ledoux se fit tonnante :

— Schmitterlin, au rapport !

L'interpellé, le sourire étiré jusqu'aux oreilles, apparut, portant dans ses bras, comme s'il s'agissait du saint sacrement, un objet oblong enveloppé de papier kraft.

— Déballez. Avec précaution… Et voilà, mesdames et messieurs, vous avez sous les yeux la batte en bois de monsieur Hittler. Avec en prime les empreintes du secrétaire de mairie, celles de Waldo et celles, inévitables, du sous-brigadier Schmitterlin qui a décidé, une fois pour toutes, d'empoigner les pièces à conviction à pleines mains sans prendre de gants. Mais surtout, surtout, il y a sur cette batte des résidus de peau prouvant indubitablement que c'est l'arme qui a servi à tuer Weberlé. Et maintenant, monsieur Hittler, qu'avez-vous à déclarer ?

— C'est pas moi, c'est pas moi !

— Vous me l'avez déjà dit il y a deux semaines. Et ce jour-là, j'ai failli vous croire.

— Oui, mais j'étais soûl. Je ne savais plus ce que je faisais.

Ledoux apprécia pleinement le silence qui suivit au cours duquel les mouches elles-mêmes s'étaient arrêtées de voler. Il savoura quelques secondes et sonna enfin la charge :

— Monsieur Évariste Hittler, grâce à Léopoldine Piquavoine, nous connaissons maintenant le troisième homme, celui qui a assassiné Joseph Weberlé. Après être sorti du Joyeux Vigneron, passablement éméché, vous êtes allé chercher votre batte, vous êtes retourné au cimetière, et là, après avoir constaté que Weberlé était toujours en train de jouer au voyeur, vous l'avez assommé. Au moins, cela vous a-t-il soulagé ?

— Oooooh ouiiiiiii !...

# 26

— Alors, finalement, vous ne m'en voulez plus ? Vous restez dans la gendarmerie ? Plus envie d'aller cultiver des artichauts en Bretagne ?

— Des choux-fleurs, Léopoldine, des choux-fleurs. Ce sera pour plus tard, quand j'aurai pris ma retraite. Non, je ne vous en veux plus : si j'ai été félicité pour avoir mené l'enquête à bien, c'est quand même un peu grâce à vos petites cellules grises. Votre ami Jérémie Mathieu a pondu un très bel article dans *Les DN*, et *L'Alsace* n'a pas été en reste. Mon nom a été cité dans les journaux parisiens. Le vôtre aussi, d'ailleurs. C'est la gloire !

— Vous avez donc définitivement oublié l'existence des deux corbeaux ?

— Je crains qu'on ne connaisse jamais leur identité. Là, j'ai fait chou blanc.

L'adjudant Ledoux et Léopoldine Piquavoine devisaient comme deux vieux amis devant quelques *bredala* et une bouteille de pinot gris « vendanges tardives » que le gendarme avait apportés pour sceller leur réconciliation. Deux jours plus tôt, Évariste Hittler avait été mis en examen et emprisonné. Léopoldine était revenue à ses occupations habituelles, la toilette de l'église, la vente des timbres et l'observation entomologique de ses concitoyens. L'adjudant Ledoux achevait de rédiger les interminables rapports exigés par l'administration gendarmesque. Tous deux se revoyaient ce jour-là sans trace apparente de ressentiment.

— Tout de même, il y a certaines choses que je n'ai pas encore comprises.

— Vous, Léopoldine ? Vous qui avez tout compris avant moi ?

— Pourquoi Weberlé est-il mort dans le confessionnal ?

— Tiens, il me semblait vous en avoir parlé. D'après le légiste, le coup de batte a provoqué une hémorragie cérébrale qui n'a pas entraîné de mort immédiate. Weberlé a cherché à fuir. Et il n'a trouvé de refuge que dans le confessionnal.

— Et là, il a passé un coup de fil à Gruber. Pourquoi ?

— Ça, nous avons pu l'établir grâce à l'examen de son portable. Weberlé était sans doute incapable, dans son état, de former un numéro sur les touches de son smartphone. Il a réussi, en appuyant simplement deux fois sur l'icône du téléphone, à rappeler le dernier numéro composé : c'était celui de Gruber. Mais il a dû mourir quelques secondes plus tard sans réussir à prononcer une seule parole.

— Oui. Et finalement vous comme moi n'avons

pas assez prêté attention à ce coup de fil qui innocentait le maire : à l'heure où Weberlé expirait, le maire était chez lui...

— Oh si, je m'en étais bien rendu compte. Mais je pensais que la femme du maire avait reçu le coup de fil, qu'elle était seule encore à cette heure-là et qu'elle avait voulu innocenter son mari en faisant croire...

— Ouh là, cela supposerait une imagination que Germaine est bien loin d'avoir... Ma dernière question : pourquoi Évariste a-t-il remis la batte en place et l'a-t-il reprise quelques jours plus tard ?

— Ça, il nous l'a expliqué : il a d'abord nettoyé la batte très soigneusement. Quelques jours plus tard, il a pris conscience qu'il pouvait rester des traces identifiables d'ADN de Weberlé en plus des siennes et il a pris peur. Alors, il l'a reprise et l'a cachée au premier endroit auquel il a pensé. Il comptait s'en débarrasser plus tard. Mais Waldo ne lui en a pas laissé le temps.

— Mais pourquoi ? C'était sa batte et il est normal qu'elle porte ses empreintes digitales et des traces de son ADN.

— Vous savez, il ne connaissait rien à ces choses-là. Il a suffi que quelqu'un d'autre qui n'y connaissait pas grand-chose non plus ait réussi à le persuader que des nanoparticules pourraient permettre d'identifier le meurtrier…

— Et c'était ?…

— Devinez

— Cette and... ?

— Eh oui, Schmitterlin.

— Mais quand même, il a mis du temps à se venger, Évariste. Ça faisait un certain temps que je le voyais rôder la nuit du côté du cimetière. Il n'avait pas remarqué Weberlé qui lorgnait Marie depuis le cimetière ? Il ne vous a rien dit ?

— Si, si. Mais à jeun, il n'aurait jamais commis ce meurtre. Il a fallu qu'il boive beaucoup ce soir-là. Et c'est alors seulement, quand il a été totalement ivre, qu'il a décidé de se venger.

— Ah ? Une vengeance tardive, en quelque sorte ?

— Oh ! l'horrible jeu de mots ! Vous n'avez pas honte, Léopoldine ?

— Moi ? Non. Vous savez que mon verre est vide ?

Ledoux s'empressa de le remplir. Ce « vendanges tardives » de Constantin Fuchs était décidément tout à fait buvable.

— Mais vous ne connaissez pas la meilleure, Léopoldine.

— … ???

— Le capitaine a proposé Schmitterlin au grade de brigadier-chef.

— Non ?

— Si !

# Remerciements

Je remercie André Dubrulle dont la science gendarmesque et policière m'a aidé à rester dans le droit fil de l'enquête, Thierry Fortmann auquel aucune des nuances de l'alsacien n'est étrangère et Nazar Spivak qui a bien voulu arrêter de jouer à Roblox et me céder l'ordinateur, le temps pour moi de vous narrer les aventures de Léopoldine.

Achevé d'imprimer en avril 2019
sur les presses de la Nouvelle Imprimerie Laballery
58500 Clamecy
N° d'impression : 904066

*Imprimé en France*

La Nouvelle Imprimerie Laballery est titulaire de la marque Imprim'Vert®